Olja Alvir

Kein Meer

zaglossus

Olja Alvir

Kein Meer

Roman

zaglossus

Wir bedanken uns für die Förderungen durch die Fakultätsvertretung Human- und Sozialwissenschaften an der Universität Wien, die Institutsgruppe Geschichte an der Universität Wien, die Institutsgruppe Germanistik an der Universität Wien und die Studienvertretung Doktorat Philosophie an der Universität Wien.

Gedruckt mit freundlicher Unterstützung durch die Kulturabteilung (Magistratsabteilung 7) der Stadt Wien.

Bibliografische Information der Deutschen Nationalbibliothek
Die Deutsche Nationalbibliothek verzeichnet diese Publikation in der Deutschen Nationalbibliografie; detaillierte bibliografische Daten sind im Internet über http://dnb.dnb.de abrufbar.

1. Auflage 2016

Druck: Prime Rate Kft., Budapest
Printed in Hungary
ISBN 978-3-902902-36-8

Zaglossus e. U.
Vereinsgasse 33/12+25, A-1020 Wien
E-Mail: info@zaglossus.eu
www.zaglossus.eu

Österreich

1993 bekamen meine Frau und ich einen traurigen Brief aus Bugojno. Darin wurde uns mitgeteilt, dass unser Sohn Drago von muslimischen Nationalisten gefangen genommen und getötet worden war. Später erfuhren wir, dass Drago in der Gefangenschaft große Nöte hatte durchleiden müssen. Er war drei Tage lang in einer Garage in Bugojno mit Draht gefesselt gewesen, war misshandelt und gefoltert worden. Er hatte gerufen: „Leute, so helft mir doch!", hatte um Wasser gebeten. Aber Hilfe und Wasser hatte es nicht gegeben. Am dritten Tag waren Schüsse zu hören gewesen. Sie hatten auf den toten Drago geschossen, der durch die Qualen umgekommen war. Danach war ein Traktor gekommen, auf den sie den leblosen Körper luden, um ihn später in einen Graben neben der Straße zu werfen. Es sollte so aussehen, als sei er dort im Kampf umgekommen und nicht durch Folter. Das bestätigte auch eine spätere Exhumierung und Autopsie. Diese drei Tage lang in der Garage war Drago die ganze Zeit ohne Hemd gewesen, und man weiß doch, wie kalt die Nächte in Bugojno sind.

beautywithaknife.tumblr.com/about

Wenn mich jemand fragt, woher ich komme, dann sage ich meistens: „Aus Zentralbosnien", „Genau im Herzen des Landes", „Nein, nicht wirklich in der Nähe von Sarajevo", „Nein, eigentlich eine nicht so bekannte Stadt."

„Bugojno?", biete ich bei längerem und hartnäckigem Nachfragen an, fast schon mich entschuldigend für die geografische Ignoranz der Fragenden formuliere ich meine Herkunft zur Sicherheit als Frage. „Bugojno, Jugoslavija“ steht auf dem braunen Blatt vor mir, das Rücken an Rücken mit seiner beglaubigten deutschen Übersetzung in einer Klarsichthülle gleich nach der Taufschein-Hülle liegt.

Ich bin eine von den Dafür-sprichst-du-ja-super-Deutsch-, Das-sieht-man-dir-aber-gar-nicht-an- und Wahrscheinlich-bist-du-schon-ziemlich-lange-hier-oder Ausländer_innen. Oder Migrant_innen, wie man heute sagt, obwohl das ja nur Augenauswischerei ist, einmal Ausländerin, immer Ausländerin.

Ich bin zu jung, um das Recht zu haben, vom Krieg traumatisiert zu sein. Und ich bin zu alt, um nichts mehr davon wissen, nichts mehr damit zu tun haben zu wollen. Ich bin nicht bereit, in die Zukunft zu sehen, weiterzumachen, *to move on*, um die Migrationsmetaphorik zu bemühen. Ich habe nicht genug vom Krieg, ich kann gar nicht genug bekommen vom Krieg.

Dieser Beauty-Blog ist einer für Frauen wie mich. Frauen mit Damenbärten. Frauen mit Narben. Frauen mit Kriegen. Frauen mit schrecklichen Schönheiten, entsetzlich schöne Frauen. Wer weniger sucht, ist hier falsch.

Trotz langwieriger und beharrlicher Arbeit und Recherche konnte ich nichts Konkretes oder Nachweisbares zur Herkunft der Voljić, die heute auf dem Gebiet Gornji Vakufs leben, herausfinden oder die Wahrheit darüber aufdecken, wie sie hierhergekommen sind. Im Gespräch mit meinen Eltern und älteren Personen sowie beim Besuch einiger Orte und Stätten bin ich allerdings auf einige Indizien gestoßen. Jedenfalls habe ich nicht gehört, dass es auf dem Gebiet des ehemaligen Jugoslawiens irgendwo ansässige Bevölkerung mit dem Nachnamen Voljić gäbe – außer in einem kleinen Weiler des Dorfes Kijevo, welches sich in der Nähe Knins und Sinjs befindet. Dieser Weiler heißt Voljići und in ihm leben nur Bewohner mit dem Nachnamen Voljić.

Oft habe ich die Geschichten gehört, von Knie zu Knie bis zu jüngeren Generationen übertragen, in denen es heißt, unsere Vorfahren seien aus Sinj hergezogen, vor ungefähr dreihundert oder zweihundert Jahren. Diese Geschichten haben ihren Ursprung in der Annahme, dass verschiedene lokale Bevölkerungsgruppen zur gleichen Zeit eingewandert sind und dass sich alle in der Nähe von Dražev Dolac und Bistrica angesiedelt haben. Ich schlussfolgere, dass wohl meine Bekannten aus Dražev Dolac Nachkommen dieser Ahnen aus Sinj sind: Voljić Stipo, Voljić Dragutin und Voljić Ante, mein Großvater.

Mein Großvater Ante Voljić hatte keine Geschwister, und wie er, Stipo und Dragutin miteinander verwandt sind, ist nicht mehr herauszufinden. Es ist bekannt, dass mein Großvater mit einer Jela aus der Familie Strujić aus Kordić verheiratet war. Ante und Jela hatten einen Sohn und zwei Töchter. Der Sohn Fabijan, mein Vater, ist 1888 in Pernica geboren. Meine Tante Ljuba hatte drei Söhne: Jozo (gestorben 1941 im Krieg), Stjepan (umgezogen nach Humac und dort gestorben) und Ante (der irgendwohin nach Slavonijen gezogen ist). Die zweite Schwester meines Vaters, Kata, hatte vier Kinder: Andja, Ante (gestorben bei einem Verkehrsunfall in der Nähe von Banja Luka), Ivan (gestorben durch die Hand seines eigenen Sohnes in seinem eigenen Haus) und noch *eine Tochter, die heute in Ploče lebt und ein Haus in Trogir hat.*

All diese Voljić sind im feudalen Zeitalter aufgewachsen und waren Fronbauern. Mein Großvater Ante ist früh krank geworden und hat den Hof und seine Leitung an meinen Vater Fabijan übergeben, der dadurch das Familienoberhaupt wurde.

Auf der Rückbank des Autos lag das Kind schlafend auf dem Schoß der Mutter. Ihren zärtlichen Blick unterbrach eine Laus, die dem Mädchen über die Wange lief. Die Mutter zuckte kurz auf, ekelte sich. Aber sie beherrschte sich, bewegte sich nicht, um das erschöpft mit offenem Mund schlafende Kind nicht zu wecken.

„Ein Souvenir aus dem Flüchtlingslager", dachte die Mutter.

Im Auto wurde nicht geredet. Es waren die letzten Kilometer vor der Grenze. Die Fahrerin versuchte, einen zuversichtlichen Eindruck zu machen, aber die Sehnen an ihren Handgelenken verrieten ihre Anspannung. Gleich, gleich die Grenze. Die Hügel brachen über das Sichtfeld herein, die Kulisse verlangsamte sich, wand sich wie durch eine Fischaugenlinse davon. Dann Sand. Sand in den Kehlen, Sand in den Ohren, zwischen den Fingern. Dann wurden sie durchgewunken. Botschaftskennzeichen.

Der Vater wartete auf der anderen Seite der Grenze. Er war zuvor mit einem grimmigen, ihm unbekannten Mann mit Fähren, über Inseln und Bergstraßen, durch Felder und über Traktorwege ins Land gekommen. Er hatte dem Stirnrunzler dafür dankbarst so viel Geld gegeben, wie er nur konnte.

1992 war Asyl zu beantragen das Blödeste, was man machen konnte. Das hatte sich unter den Flüchtlingen schnell herumgesprochen und die allerwenigsten fielen noch darauf herein, auch wenn die Behörden im Lager noch immer verführerisch dafür warben. Alle erfuhren irgendwie, wie es zu laufen hatte: Du reist mit dem kroatischen Pass nach Österreich ein. Diesen Pass versteckst du nach der Grenze sofort so gut du kannst und zeigst ab nun nur mehr den bosnisch-herzegowinischen oder jugoslawischen her, falls du noch so einen hast. Wenn du gefragt wirst, wie du mit diesem ungültigen Pass nach Österreich gekommen bist, stellst du dich unwissend. Es habe am Grenzübergang niemand nachgesehen. Dann versuchst du, direkt als Flüchtling eine Aufenthalts- und Arbeitsbewilligung zu bekommen. Kein jahrelanges Herumscheißen beim Asylgerichtshof.

Ein Problem an den Wiener Altbauwohnungen mit ihren luftig hohen Decken und den schönen, hölzernen Doppelflügeltüren war, dass man sie nie wirklich warm bekam. Die erste Wohnung, die die Lauskind-Familie in Wien bezog, war eine solche, sogenannte „Kategorie-D-Wohnung“ am äußersten Stadtrand. Wie fast alle, die nach dem Jugoslawienkrieg in, wie sie es nannten, „Beč“ gelandet waren, zahlten sie doppelt so viel für halb so große Wohnungen, in denen es meist keine Heizung und kein Warmwasser, mit Glück vielleicht einen Ofen gab. Wenn das Lauskind baden musste, dann kochte die Mutter zuerst auf dem Herd Wasser und mischte es dann mit den eiskalten Strahlen aus der Leitung – Hochquellwasser, wie die Wiener_innen immer stolz betonten – in einer kleinen Plastikwanne, die im Wohnzimmer, also im wärmsten Zimmer, oder direkt neben dem Ofen aufgestellt wurde. Im Winter konnten Kinder- und Schlafzimmer der Wohnung überhaupt nicht benutzt werden, weil es so kalt war. Die Familie schlief dann zu dritt im Wohnzimmer.

Vor den kalten Wiener Altbauten lebten Lauskind, Mutter und Vater bei einer Familie in Niederösterreich. Der Mann, Onkel Erich, war noch als Baby im Zweiten Weltkrieg von seinen jüdischen Eltern ausgesetzt worden und als Waise im Waisenhaus und im Internat aufgewachsen. Onkel Erich war der zweite Ehemann von Frau Heidi. Sie waren immer „Onkel Erich" und „Frau Heidi" und wurden von der Lauskind-Familie gesiezt. Ganz besonders Frau Heidi legte Wert darauf.

Die beiden hatten während des Jugoslawienkrieges Flüchtlingen helfen wollen und sich an die Caritas gewandt. Diese hatte ihnen eine zwölfköpfige Familie vermittelt. Darüber waren Frau Heidi und Onkel Erich wütend geworden. Für so eine große Familie hatten sie in ihrem Haus bei Klosterneuburg keinen Platz. Fast hatten sie den Plan, zu helfen, aufgegeben. Doch als Frau Heidi und die Diplomatin, die die Lauskind-Familie nach Österreich geschleppt hatte, einander bei einem Parteitag kennenlernten, wurden die Lauskinds von ihnen aufgenommen. Sie zogen in den Keller des Einfamilienhauses in ein fensterloses, mit dunklem Holz getäfeltes, kaltes und feuchtes Zimmer ein. Immer noch bei Weitem besser als das überfüllte Traiskirchener Flüchtlingsheim. Außerdem gab es einen großen Garten, eine Terrasse und eine wohnliche Küche, in der die zwei Familien, die nach und nach zu einer zusammenwuchsen, zusammensitzen konnten.

Das Lauskind hörte für ungefähr zwei oder drei Jahre auf, zu sprechen. Als es wieder anfing, war sein erster Satz ein deutscher: „Runter, Murli!" Der tiefschwarze, gelbäugige Kater hatte nämlich die Angewohnheit, allen ständig zeigen zu müssen, was er von ihrem Verbot hielt, auf Tische, Sessel und Arbeitsplatten zu springen: nichts. Und so ließ er sich immer wieder elegant auf dem Küchentisch nieder und tunkte die Schwanzspitze in die Frühstücksbutter oder streifte genüsslich mit den Flanken um den Gugelhupf. „Runter, Murli!" war so zu einem der wichtigsten und am häufigsten gerufenen Sätze im Haus geworden. Als das Lauskind ihn nun auch einmal zum Verlassen der nur für Menschen vorgesehenen Höhen aufforderte, gab er ihm als Antwort mit der Pranke eins auf den Kopf. Ab diesem Zeitpunkt weigerte sich das Lauskind für viele Jahre, seine Muttersprache zu verwenden, selbst beim Telefonieren mit den weit entfernten Familienmitgliedern, die ihm schmerzlich abgingen.

Sobald die Lauskind-Familie einen Aufenthaltstitel in Österreich bekommen hatte, als sie es also geschafft hatte, ging es an Teil zwei der Flucht: die Flucht der anderen. Mutter und Vater Lauskind organisierten Bustickets, holten Menschen von der Grenze ab, stellten Kontakte her, schickten Geld, bekamen Geld, gingen für Familie, Freunde, Bekannte und Unbekannte zu Behörden. Eines Tages stand Onkel Lauskind augenberingt und ohne

Koffer vor der Tür der Substandard-Wohnung. Das Lauskind sprang ihm schluchzend ans Hosenbein und würde zwei Jahre lang kaum mehr loslassen.

Später würde das Kind erfahren, dass Onkel Lauskind während des Krieges führend im Paramilitär gewesen war. Dass das der Grund war, warum er hatte flüchten müssen, warum er in der Heimat, die er so liebte, verfolgt wurde. Der Grund, warum er im Flüchtlingslager in Österreich in Schlägereien geraten war. Er war ein Mörder. Aber da war es zu spät, diese Information kam viel zu spät, denn da liebte das Lauskind ihn ja schon. Da war er schon täglich mit ihm zum Spielplatz gegangen und hatte seine Kuscheldecke gehalten, während es beim Spielen in der Sandkiste unabsichtlich Hundekacke ausgegraben hatte. Da hatte er es schon bei den Wettrennen bis zum Postkasten gewinnen lassen. Da hatte der Mörder dem Lauskind schon begeistert viel zu dicke Nutella-Butterbrote geschmiert. Da war es zu spät, die Hände für immer klebrig mit Kinderliebe.

„Notizbuch, gebunden, 89 Seiten liniert A4, hergestellt von Mar-Mar d.o.o. Zagreb, Kroatien", steht auf einem kleinen Aufkleber auf der Rückseite des roten Opa-Notizbuches. Der Großvater hat seine Niederschrift also wahrscheinlich im Altenheim in Šibenik verfasst, wo er die letzten Jahre seines Lebens verbracht hat, denkt Lara. Sie liegt auf dem großen Bett mit verziertem schwarzem Metallgestell, das in ihrem Zimmer gleich links neben der Tür, gegenüber von zwei großen, hohen Fenstern, die gardinenlos auf die Straße hinausgehen, steht. Lara braucht Tageslicht, sie hat nie verstanden, warum Leute unbedingt etwas vor ihre Fenster hängen und sich dahinter verstecken müssen. In dem weitläufigen Zimmer haben noch ein großer Schreibtisch, zwei hohe Bücherregale und ein ausgefallenes Ikea-Stück, in dem Lara ihre Kleidung aufbewahrt, Platz. Klobige Kästen und Kleiderschränke mag sie nicht, da legt sie ihre Kleidung lieber in das nach allen Seiten hin offene Holzregal. Weil sie ohnehin nur einfache und bequeme baumwollene Teile in gedeckten Farben wie etwa Braun, Grau und Beige trägt, sieht das gar nicht so unordentlich aus, wie man vielleicht denken möchte. Lara hat nie verstanden, was Leute meinen, wenn sie sagen, dass etwas zusammenpasst oder nicht, und diese Farben, hat sie gehört, lassen sich am einfachsten kombinieren.

An der Wand über dem Schreibtisch, vom Eingang aus gesehen rechts, hängen zwei Plakate aus dem Wien Museum, eines zeigt Wiener Architektur, das andere abstrakte, in roten Tönen gehaltene Flächen und geometrische Elemente. Das Zimmer ist, abgesehen vom Schreibtisch und ein paar Mappen und Zetteln, die auf dem Boden verstreut liegen, sehr ordentlich aufgeräumt.

In einer Glasvitrine zwischen den zwei Fenstern stehen Laras kostbarste Dinge: eine Olympia-Schreibmaschine aus der Fabrik, in der sich ihre Eltern kennengelernt haben, ein schweres, goldenes Armband, das Frau Heidi ihr vererbt hat, ein großer, verblichener alter Globus mit einem Geheimfach, den sie von ihren Freund_innen geschenkt bekommen hat und an dem mit kleinen

Fähnchen markiert ist, in welchen Ländern sie bereits gewesen ist, sowie eine rosa Kuscheldecke, das Einzige, was sie aus dem Krieg mitgebracht hat.

Nach dem Schulabschluss ist Lara sofort bei ihren Eltern ausgezogen. Heute kann sie sich gar nicht mehr so richtig erinnern, warum. Warum sie sich in der Pubertät nicht mit ihren Eltern verstanden hat und warum sie ständig miteinander gestritten haben, warum sie damals voller Hass gegen Mutter und Vater war. Von diesen Gedanken zeugen nun nur mehr alte Tagebücher voller wütender Kritzeleien, voller beim Schreiben so fest aufgedrückter, erdrückter Schrift, voller hasserfüllter Botschaften, die sich durch mehrere Seiten durchschlagen. Lara sieht fast nie mehr in die große rote Box mit den vielen unterschiedlichen, außen aufwändig verzierten Notizbüchern, die unter dem Bett steht. Sie hat Angst davor, was passiert, wenn sie an den Hass, an dieses verblasste Ich erinnert wird. An die schönen Dinge, die sie gewiss auch in den Jahren des Protokollierens festgehalten hat, erinnert sie sich deshalb aber auch nicht mehr. Die Jahre sind zu einer gleichförmigen, gleichgültigen Masse verklumpt. Der Versuch, etwas für die Zukunft aufzubewahren, ist umgeschlagen in das Unternehmen, sich vor der Vergangenheit zu bewahren.

In dieser Zeit war das Leben der Leute sehr schwer. Die Fronbauern arbeiteten auf dem Besitz der Feudalherren, an die sie einen Teil der Erträge abgeben mussten. Diese Abgaben waren nicht bei allen Feudalherren gleich, aber es waren ungefähr dreißig Prozent. Es gab immer große Diskussionen darüber, wie die Abgaben gemessen werden sollten. Das Getreide wurde in ein spezielles Gefäß abgefüllt: eine Füllung für den Feudalherren, zwei zum Behalten. Was Vieh wie Kühe oder Schafe anging, wurde pro Stück verhandelt; daran hing auch die Aufteilung der tierischen Produkte wie Butter, Schmalz und Käse.

Die Wohnbedingungen waren noch schwieriger – weniger wegen der Armut als aus Unwissenheit, wie ein wohnliches Haus auszusehen hatte. Zu dieser Zeit konnte man nämlich kostenlos Baumaterial aus dem Wald holen. Das hieß „meremet" und es wurde darauf geachtet, dass jährlich genug Holz zur Verfügung stand. Jedenfalls wohnten in einem Haus drei Familien, so war eben die Gewohnheit. Die Häuser hatten zwei Räume: In einem Raum wurde gesessen und ausgeruht sowie Essen zubereitet. Dieser Raum hatte einen gestampften Erdboden. Im zweiten Raum schliefen alle Familienmitglieder. Hier gab es einen Holzboden, aber niemand hatte ein Bett. Die Familienmitglieder legten Stroh und Strohmatten nebeneinander aus und schliefen darauf. Es gab daher auch Fälle, in denen junge Ehepaare kein eigenes Zimmer hatten und mit allen anderen Familienmitgliedern in einem Raum schliefen. Und manchmal hielt die Familie in einem dieser Räume auch Vieh, dann gab es zur Abtrennung darin einen Holzzaun. Wenn es ein vergleichsweise glamouröses, zweistöckiges Haus war, dann hielt man das Vieh im Erdgeschoß und die Familie wohnte darüber. Die Leute hatten nicht einmal bequeme Sessel, sondern bauten primitive Dreifüßer, aber selbst davon gab es nie genug und so saßen die meisten auf dem Boden.

Auch wie man Essen ordentlich zubereitet war unbekannt – selbst wenn es einmal genug Ernte und genügend Nahrungsmittel gab. Aber auf ein gutes Frühstück wurde immer geachtet. Es fand ungefähr um acht Uhr statt und bestand aus Maisgrießbrei, leicht gefettet. Mittagessen gab es keines, aber es gab tagsüber eine Mahlzeit, für die meist Milch, Käse und Kartoffeln auf verschiedene Arten zubereitet wurden. Zum Abendessen gab es üblicherweise Suppe oder Eintopf, Kartoffeln, Bohnen oder Teigwaren. Die Kleidung war dünn und primitiv verarbeitet. Sie wurde aus Hanffasern oder Schafswolle selbst gefertigt, das einzige Schuhwerk waren Schlapfen aus Schafsleder. Die Arbeitsgeräte waren ebenfalls primitiv. Den ersten Traktor sah ich 1945 während der Gründung einer Bauerngemeinschaft. Dieser Traktor war gedacht für die Arbeit dieser Innung, einzelne Mitglieder konnten ihn aber auch für sich verwenden. Allerdings verzichteten viele Mitglieder auf den Anspruch auf diesen Gemeinschafts-Traktor, denn sie arbeiteten lieber so, wie sie es gelernt hatten: mit vor Holzpflüge gespannten Pferden und Ochsen. Die Infrastruktur war sehr schlecht entwickelt, es gab weder ausgestaltete Wege noch Straßen oder Schienen. Das ganze Leben entfaltete sich zu Fuß oder per Pferdewagen.

Fünfundneunzig Prozent der Bevölkerung auf unserem Gebiet waren damals Analphabeten. Nur wenige hartnäckige und fleißige Autodidakten lernten ohne Schulbesuch zu schreiben und zu lesen. Darunter war auch mein Vater. Das war damals eine große Sache, lesen und schreiben zu können. Ich kenne beispielsweise nur sehr wenige Leute, die die vier Jahre Schulpflicht in der Schule in Gornji Vakuf (eine nähere gab es nicht) erfüllt hatten. Ich kam 1934 in die erste Klasse der Volksschule in Gračanica.

Wie gesagt, mein Vater wurde 1888 in Dražev Dolac geboren; meine Mama ebenfalls 1888 im Dorf Pernica in die Familie Nikolić. Vater starb 1957, Mama etwas früher, 1955. Sie sind auf dem Šubićer Friedhof begraben. Weil mein Vater arbeitsam und zudem ein anständiger und kommunikativer Mensch war, seinen Verpflichtungen dem Feudalherren gegenüber immer ordentlich nachkam, für guten Verdienst sorgte und sich immer penibel an Abmachungen nicht nur mit dem Feudalherren, sondern mit allen Menschen hielt – wegen all dem war er sehr beliebt. So kam es, dass der Feudalherr Karalić großes Vertrauen in ihn hatte und ihm zehn „dunum" seines Grundstückes schenkte (ein „dunum" entspricht ungefähr tausend Quadratmetern) und ihm die Genehmigung erteilte, darauf ein eigenes Haus, einen Stall und weitere notwendige Gebäude für die Familie zu bauen.

Mein Vater schritt sofort zur Tat und errichtete innerhalb eines Jahres das Haus und den Stall in der Nähe von Pajić Polje, wo wir 1914 hinzogen. Da fing dann auch schon der Erste Weltkrieg an und mein Vater musste in die österreichisch-ungarische Armee. Im Krieg wurde er am Bein verletzt, überlebte aber und kam 1918 nach Hause. Zu diesem Zeitpunkt gab es eine große Reform im Agrarwesen und das Land der Feudalherren ging in den Besitz der Bauern über, die es bearbeiteten. So wurde meinem Vater ein weiteres Stück Land zuteil. Schnell konnte er als fleißiger Mann, der er war, so seine Erträge steigern und seinen Besitz weiter ausbauen. Neben der Landwirtschaft widmete er sich auch anderen Arbeiten wie dem Bau von Holzhäusern für Nachbarn. Auch als Fuhrmann verdiente er sich etwas dazu. Das waren alles Arbeiten, die er gerne hatte und gut machte.

Ich hatte einen älteren Bruder namens Dragutin, der nicht in die Schule gegangen war, aber selbstständig schreiben und lesen gelernt hatte. In seine Wehrpflichtzeit fiel der Zweite Weltkrieg, der ihn 1941 in Šibenik erwischte. Er wurde dazu aufgerufen, seine Waffen und seine Uniform ins gerade gegründete Ustaša-Zentrum in Bugojno zu bringen. Als er diesem Befehl nachging, wurde er in die kroatische Ustaša-Armee eingezogen, angeblich nur für ein paar militärische Übungen über den Zeitraum von drei Monaten. Als der Krieg aber auf dem Gebiet Russlands und Jugoslawiens entflammte, wurde sein Dienst auf unbegrenzte Zeit ausgeweitet. Zum Neujahr 1942 nahmen die Tschetniks auf dem Gebiet Jajces etwa vierzig Ustaša-Soldaten gefangen, unter ihnen Dragutin. Es ist unbekannt, wo diese Soldaten begraben liegen. Ein paar Tage nach Dragutins Tod kam sein Sohn Ljuban zur Welt. Ljuban blieb bei uns in der Familie, Dragutins Witwe heiratete einen Škoro in Podgrađe. Nach dem Tod meines Vaters 1957 teilten Ljuban und ich den Familienbesitz in zwei gleiche Teile. Alles, was wir in Pajić Polje besaßen, verkauften wir und begannen mit diesem Geld zwei aneinander angrenzende Häuser in Bugojno zu bauen. Dorthin zog ich 1963, mein Neffe Ljuban etwas später. Ljuban arbeitete zuerst als Fahrer für das Handelsunternehmen „Resnik" und wurde später Filialleiter eines Standortes, wo er bis 1992 beschäftigt war. Als der Krieg 1992 anfing, ging Ljuban mit seiner Familie ins Flüchtlingslager in Kaštela, ausgerechnet ins Hotel „Resnik". Dort starb er 1993, begraben wurde er in Split. Er hinterließ eine Frau, Jelica, und zwei Töchter, Dragana und Valentina. Sie gingen später nach Österreich und sind dort mit Deutschen verheiratet.

Als Lara aufwacht, ist sie schon zu spät für ihr Seminar. Sie ist beim Lesen angezogen und mit dem Kopf auf dem Notizbuch eingeschlafen. Das ist ihr schon bestimmt zehn Jahre lang nicht mehr passiert. Sie springt auf – nicht mal die Schuhe hat sie gestern Abend ausgezogen – und kramt aus der Tasche ihr Handy hervor, um nachzusehen, wie spät es ist. „Scheiße!"

Ihr Seminar hat bereits begonnen. Sie scrollt durch die Benachrichtigungen auf dem Display.

1 Anruf in Abwesenheit (Gabriele Podlehnik)

08:43 Hast du den Text schon fertig
08:43 Uns ist was ausgefallen

09:27 Steht das heute Nachmittag noch? :) -k

Sie antwortet beiden Absenderinnen schnell mit „ja", seufzt, steckt das Handy zum Aufladen an der Steckdose neben dem Schreibtisch an und beginnt, sich vor dem großen Spiegel neben ihrem Bett auszuziehen. Das macht sie immer so. Ihre roten, dichten kinnlangen Haare sind auf einer Seite – der, auf der sie gelegen hat – zerzaust und kraus. Sichtbare Augenringe hat sie fast nie, doch ihr Make-up ist fleckig und hat sich in den Lachfalten und Stirnrunzeln zu bröseligen Linien gesammelt. Auf der Haut ihrer breiten Schultern sieht sie Abdrücke, die der Rand des Großvater-Notizbuches und die Nähte ihrer Kleidung hinterlassen haben. Nackt öffnet sie den Spalt ihrer Tür ein wenig und lauscht: kein Zeichen von Aktivität in der Wohnung. Lara ist zwar selbst nicht verschämt, aber nachdem es anderen unangenehm sein könnte, will sie ihren nackten Körper niemand aufdrängen. Als sie sich vergewissert hat, dass sich in der Wohnung nichts bewegt, hüpft sie schnell ins Bad und duscht sich ab. In der Nacht hat sie ungewöhnlich stark geschwitzt.

Unter der Dusche überlegt Lara erst, ob jemand ihrer Mitbewohner_innen in der Zwischenzeit womöglich nach Hause kommen könnte oder vielleicht noch gar nicht aufgestanden ist. Oliver ist wahrscheinlich zu Hause und schläft entweder noch oder malt, nachdem er das Klima in den Ateliers, die ihm die Universität zur Verfügung stellt, „ideenfeindlich“ und „wettbewerblich“ findet. Mit Oliver ist Lara zwar sehr eng, aber sie weiß, dass es ihm trotzdem, oder vielleicht gerade deshalb, peinlich ist, Lara nackt durch die Wohnung rennen zu sehen. Zumindest ist er nicht zu überhören, wenn er aus seinem Zimmer kommt. Er ist so ein Typ – vielleicht weil er so groß und massig ist –, den man sogar zu hören meint, wenn er ruhig auf dem Sofa sitzt.

Lara versucht, sich an Andrews Stundenplan zu erinnern. In diesem Semester hat er vier Lehrveranstaltungen, daran kann sie sich erinnern. Aber keine am Dienstag, glaubt sie. Hat sie ihn gestern überhaupt nach Hause kommen gehört? Vielleicht ist er mit Kolleg_innen wieder einmal am Arabistik-Institut versumpft und hat dort übernachtet. Dann ist jetzt gerade ungefähr die Zeit, zu der er dann meistens nach Hause kommt. Das wäre schon ein wenig heikler. Andrew macht keinen Lärm. Andrew macht zwar Unordnung, sodass Lara immer wieder überrascht ist, dass er der Älteste in der WG ist und inzwischen eigentlich gelernt haben sollte, sich diesbezüglich zusammenzureißen, aber er kann manchmal so in seine Gedanken versunken sein, dass er minutenlang an einem bedeutungslosen Platz in der Wohnung steht und alle erschrecken, wenn er sich plötzlich wieder bewegt.

Reem, die am kürzesten von allen in der Wohnung wohnt, ist um die Uhrzeit sicherlich nicht in der Wohnung. Als Architektin hat sie als Einzige einen geregelten Tagesablauf, und wenn der geregelte Tagesablauf vorbei ist, dann hat sie immer noch etwas anderes zusätzlich zu tun. Meistens ein Plenum oder eine Demo oder eine Aktion oder eine Intervention oder ein queer-feministisches Soli-Fest. Lara denkt eigentlich auch nur deshalb an Reem, weil sie unter der Dusche daran denken muss, dass ihr Duschgel eine Verbindung aus Fett, Wasser und Seife ist, und sie dabei Reem in den Ohren hat, als diese vor Kurzem zu ihr gemeint hat: „Die Österreicher_innen und die Hergekommenen sind wie Wasser und Öl. Sie können gemeinsam an einem Ort sein, sich aber nie mischen". Lara hat kurz angesetzt, über Pflegeprodukte und Emulgatoren zu reden, sich den Kommentar aber sofort verbissen. Schließlich weiß sie, als sogenannte Migrantin der zweiten Generation, dass in dieser Stadt nichts emulgiert. Reem hat sie beeindruckt. Viel öfter noch, als sie an das Wasser-Öl-Gemisch denkt, wenn sie auf der Straße unterwegs ist, denkt Lara an ein Wort, das sie von Reem gelernt hat: „Zhulum". Es sei ein Wort viel härter noch als der Begriff Ungerechtigkeit. Andrew hat Reem beigepflichtet. Das Deutsche, hat Reem gesagt, habe keine Übersetzung dafür, keine Übersetzung für seine eigenen Verbrechen. Der Satz klingt seither in Laras Ohren nach. Der Hintergrund, der diesen Satz so eindringlich für Lara macht, ist Reems eigene Flucht-Geschichte.

In Bagdad ist Reem eine wichtige Person in der feministischen Kulturszene gewesen und hat Diskussionsrunden, Ausstellungen und Filmabende organisiert. Deshalb, so hat sie es erzählt, ist sie von Konservativen und radikalen Islamisten ständig bedrängt, bespuckt und bedroht worden. Dann ist etwas passiert, über das sie Lara nichts erzählt hat, das aber offensichtlich einen gewaltvollen Einschnitt in Reems Leben bedeutet und ihre Familie dazu gebracht hat, sie wegzuschicken – nach Österreich. Hier haben ihre Eltern ein paar Kontakte und weil es das Land Mozarts ist, waren sie sich sicher, dass es ein gutes, offenes Land sein muss. Acht Tage, hat Reem erzählt, hat die Reise gedauert, acht Tage in einem LKW ohne Licht und ohne Essen. Danach hat Reem im Frauenhaus in Traiskirchen drei Tage durchgeschlafen, so erschöpft war sie. Für das Asylverfahren hat ihr die Familie glücklicherweise aus dem Irak Dokumente und Beweismaterial schicken können, sodass für die österreichischen Behörden nachvollziehbar war, warum Reem aus dem Irak hat fliehen müssen. Trotzdem hat es sieben lange Monate gedauert, bis dann endlich ihre politische Verfolgung anerkannt und der positive Asylbescheid da war. In der WG ist sie schließlich gelandet, nachdem sie aus ihrer letzten Wohnung rausgeschmissen worden ist, als die Hausverwaltung bei einem Routinebesuch ihren ausländischen Pass gesehen hat. „Zhulum“, eben.

Lara ist so in Gedanken an die Ungerechtigkeit, für die das Deutsche kein Wort hat, versunken, dass sie erst wieder in der Gegenwart landet, als sie beim Abtrocknen Andrews Bartstoppel im Waschbecken sieht. Die waren gestern auch schon da. Lara unterdrückt den Drang, sie wegzuputzen. Diesmal nicht. Sie hängt ihr Handtuch auf den Halter, öffnet die Badezimmertür und lauscht abermals in die Wohnung. Kurz erschrickt sie, als Mascha, die dicke, alte, dreifärbig gescheckte WG-Katze, sie an den Beinen mit ihrer kalten Schnauze anstupst und dann warm und weich um Laras Knöchel streicht. Mascha haben sie geerbt. Sie ist die Grande Dame der WG und schon länger da als sie alle. Vor einigen Jahren hat sie wohl jemand aus dem Tierheim geholt und dann den damaligen Mitbewohner_innen überlassen. Katzen soll man ja nicht übersiedeln. Lara lässt die Tür einen Spalt weit offen und beeilt sich auf Zehenspitzen zurück in ihr Zimmer.

> 09:49 wenn du den heute vormittag noch schickst, könnten wir ihn schon bringen

Lara flucht auf Serbokroatisch und hüpft, eine Socke anziehend, auf einem Bein zu ihrem Laptop. Während der Computer hochfährt, packt sie fast wahllos aus ihrem Papierberg auf dem Boden Dinge in eine große graue Stofftasche. Sie öffnet das Mailprogramm, zieht eine Datei namens „Brandschutz.odt" in ein Fenster und schickt eine Mail ohne Betreff und ohne Nachricht an die Chefin vom Dienst. Lara hat keine großen Ambitionen im Journalismus, er ist einfach irgendwann zu ihrem Brotberuf geworden und ermöglicht es ihr, von ihren Eltern unabhängig zu sein. Auf alle Fälle ist sie – wenn auch ambitionslos – damit zufrieden. Ebenso ambitionslos, jedoch völlig unzufrieden ist sie in Bezug auf ihr Studium. Anthropologie. Weil man in ihrer Familie eben studiert, wie praktisch alle näheren und entfernteren Anverwandten. Seit sieben Jahren quält sich Lara bereits durch überlaufene Lehrveranstaltungen und hat den Bachelor trotzdem noch nicht. Zumindest beeilt sie sich jetzt, um keine Fehlstunde zu kassieren.

Im Frühjahr 1943 rief das Ustaša-Zentrum in Bugojno alle jungen Männer über 17 Jahre auf, sich zu melden und in die Armee einzutreten. Diesem Aufruf folgten aber die meisten Jungen nicht. Daher gingen die Ustaše zur Zwangsrekrutierung über. Sie durchsuchten die Dörfer und nahmen alle jungen Männer, die sie finden konnten, einfach gegen ihren Willen mit.

Als das mit der gewaltsamen Einziehung anfing, lief ich in das Bergdorf Okolišće davon. Dort hatte ich eine Tante und einen Onkel, bei denen ich mich versteckte, um nicht in den Krieg zu müssen. Eines Morgens umzingelte eine kleine Ustaša-Einheit das Dorf und zwei der Männer gingen mit einer Namensliste von Haus zu Haus. So erwischten sie drei Jünglinge, darunter auch meinen Cousin Ante. Sie brachten die Jungen nach Bugojno, steckten sie in Ustaša-Uniformen und teilten sie verschiedenen Einheiten zu. Ich blieb unentdeckt, weil auf ihrer Liste nur die in diesem Dorf ansässigen Männer standen. Ich erschrak aber derart, dass ich wieder zurück zu meinen Eltern lief. Allerdings ging das Prozedere auch in meinem Dorf gerade vonstatten. Hier stand ich natürlich auf der Liste, und die Soldaten durchsuchten das Haus meiner Eltern gerade, als ich den Hügel hinunterlief. Ich schmiss mich sofort in das Gestrüpp, rollte mich zusammen und wartete. Ich weiß nicht, wie viele Stunden ich so im trockenen Gras lag, und obwohl die Halme juckten und stachen, bewegte ich mich keinen Zentimeter. Als es Abend wurde, schlich ich in das Haus meiner Eltern zurück. Die Soldaten hatten zu meinem

Vater gesagt, dass ich mich spätestens innerhalb eines Tages zu melden hatte. Dieser schickte mich sofort wieder davon und befahl mir, mich bei einem meiner Onkel in Pernica zu verstecken. Hier blieb ich zwei Tage lang, während mein Vater weitere Pläne schmiedete, mir die Armee zu ersparen. Er schickte mich und zwei meiner Cousins in das Dorf Pidriš, wo meine Tante einen größeren Stall hatte. Ich und noch ein paar andere Jungen taten drei Monate lang so, als ob wir Hirten wären, fütterten und trieben das Vieh und trafen uns abends mit den Pidrišer Mädchen. In dieser Zeit erkrankte ich schwer an Fleckfieber. Ich musste wieder zurück nach Hause, und das ganz alleine und zu Fuß. Angekommen wickelten mich meine Mutter und meine Schwestern in nasse Bettlaken ein, da ich sehr hohes Fieber hatte. Zu meinem Glück befand sich im Dorf gerade zufällig ein deutscher Armeearzt, der mich untersuchte und mir Medizin gab. Ich wurde gesund und fing wieder an, auf der Farm meines Vaters zu arbeiten.

In unserem Gebiet gab es ständig Knabenlese verschiedener Armeen. Sie wechselten sich bei der Suche nach jungen Männern ab – mal Ustaše, mal Partisanen, immer wieder und immer wieder. Als einmal im Jahr 1944 wieder die Partisanen dran waren, bekam ich einen Aufruf des Kommandos in Gornji Vakuf, mich dort zu melden. Mein Vater bemühte sich den ganzen Krieg hindurch, mir den Dienst in jeglicher Armee zu ersparen. Er hatte ja bereits einen Sohn verloren, außerdem konnte er auf seiner Farm keine Arbeitskraft missen. Meine Schwestern waren ja noch zu klein, um zu arbeiten, und mein Großvater zu alt und schwach. Und so ging er selbst zum Kommando in Gornji Vakuf und bat dort die Verantwortlichen darum, mich nicht einzuziehen. In Anbetracht dessen, dass mein Vater ein einflussreicher und hochgeschätzter Mann war, sahen die Männer dieses Mal davon ab, mich einzuziehen. Doch die Frage der Rekrutierung stellte sich schon einige Tage später wieder, als sich jemand aus dem Dorf offiziell beschwerte und meine Freistellung unfair nannte. Diesmal würde es kein Entrinnen oder Hinauszögern mehr geben. Mein Vater flehte: „Bitte schickt ihn wenigstens nicht an die Front, nicht in die erste Reihe!" Und so wurde ich Kurier im örtlichen Kommando der Partisanen.

Auf dieser Position blieb ich allerdings nicht lange, weil es sich zeigte, dass in jedem Ort mindestens ein Partisanen-Soldat stationiert sein musste, und so wurde ich in die Gruppe Pajic Polje geschickt. Neben anderen Dingen bekam ich dort zwei außergewöhnliche Aufgaben. Einmal musste ich in das Dorf Dražev Dolac gehen, um den Sohn eines Bumbul Hamid, der aus der NDH geflohen war und sich bewaffnet zu Hause versteckte, zu holen. Ich ging zu Hamid und brachte ihm die Nachricht, dass es den Befehl gab, den Sohn in die Kommandozentrale zu bringen, wo er sich mit seiner gesamten Ausrüstung ergeben sollte. Am Anfang beteuerten die Eltern, dass Sohn Hamdija nicht zu Hause wäre und sie gerade überhaupt nichts von ihm wüssten. Weil ich aber hartnäckig blieb, gestanden sie nach einiger Zeit, dass er sich im Keller des Hauses versteckt hielt. Bevor ich hinunterging, befahl ich Sohn Hamdija, die Munition aus seiner Waffe herauszunehmen und sie mir hinaufzuschmeißen, bevor er sich ergab und mit mir in die Kommandozentrale ging. Hamdija wehrte sich nicht und gab ruhig meinem Befehl nach. In der Zentrale wurde er zum Partisanen ausgerüstet und in meine Ortschaft verlegt. Am nächsten Tag bekam ich, weil ich mit Hamdija so erfolgreich war, gleich einen ähnlichen Auftrag: Ich sollte einen Ivan Solda aus Ričice holen. Als ich eintraf, fand ich Ivan gleich bei seinen Eltern auf, musste aber mit ihm in einen Ort in den Bergen gehen, um die Ausrüstung zu holen, die auf einer Alm versteckt lag. Auf die gleiche Art und Weise übergab ich Ivan am Ende des Tages an das Kommando.

Nach dieser Aufgabe wurde ich zum Wachtposten geschickt, der täglich die Schienen zwischen Gračanica und Gornji Vakuf kontrollierte. Jeden Morgen musste ich von Gračanica nach Gornji Vakuf und zurück laufen und den Zustand der Gleise überprüfen, damit die Züge sicher passieren konnten. Hier war ich einmal mit einer sehr gefährlichen Situation konfrontiert: Ustaše oder Tschetniks, welche desertiert waren, versteckten sich bewaffnet in den Wäldern rund um Bugojno. Ein Bewohner auf der Zugstrecke, Omer, hatte beobachtet, dass diese Soldaten die Gleise ausgegraben und die Weichen umgestellt hatten, um den Zug in den Fluss Vrbas stürzen zu lassen. Omer hatte mich beobachtet und wusste also über meinen täglichen Marsch Bescheid. Er wartete vor seinem Haus auf mich, um mich zu warnen. Ich traute mich nun nicht, auf der Strecke weiterzumarschieren, watete stattdessen durch den Fluss und nahm die Straße nach Gračanica zurück, um das Kommando zu informieren. Der Chef rief den Leiter der Station in Bugojno, wo sofort eine Gruppe Soldaten losgeschickt wurde, um die Gleise zu sichern und zu reparieren. Als der Zug an den Ort des Geschehens kam, eröffneten die Soldaten aus dem Wald sogar Feuer, das dauerte allerdings nur kurz. Als das Feuer erwidert wurde, flohen die Wäldler und der Zug setzte seine übliche Reise fort. Ich beobachtete alles aus dem Zug heraus, und als wir ankamen, wurde mir bestellt, dass ich zum Zugführer ausgebildet werden sollte. Doch dann gab es irgendeine korrupte Intervention und statt mir wurde Ante Perić in die Ausbildung geschickt. Ich wurde so wütend, dass ich demonstrativ meinen Posten verließ und nach Hause ging. Dort fing ich wieder an, auf dem Hof zu arbeiten. Ich hatte zwei gute Pferde, mit denen ich Holzstämme und Balken aus dem Wald zur Aufladestelle brachte. Bald sah ich ein, dass sich diese Arbeit viel effizienter und lukrativer gestalten würde, wenn ich besseres Fuhrwerk hätte, und so kaufte ich einen moderneren Wagen. Dieser Arbeit ging ich bis 1947 nach, als ich meinen Wehrdienst in der Jugoslawischen Volksarmee anfing.

beautywithaknife.tumblr.com/post/087567835678/charlotte-roche-hat-keinen-damenbart

Irgendwie weiß man ja doch meistens, wann man Sex haben wird. Man weiß es so ungefähr, deshalb kann man der Körperhygiene besonders gründlich nachgehen. Oder man geht ihr nach und fordert dann den Sex gründlich heraus, weil man sich schon die Mühe gemacht hat: selbsterfüllende Prophezeiung.

Wenn ich Sex erwarte, gibt es mehrere Stationen der Vorbereitung. Die wichtigste ist gleichzeitig die erste: den Körper nach Behaarung abzugrasen. Feuchtgebiete haben nämlich keine Botanik.

Ich empfehle, sich die Körperhaare rechtzeitig vor dem Geschlechtsverkehr auszureißen. Nur eine gerupfte Frau ist eine gute Frau! Rasieren macht alles nur noch schlimmer. Die Haare wachsen nach dem Rasieren schärfer und dicker nach, melden sich schmerzlich zurück, schneiden durch die obere Hautschicht, die Oberfläche, als wüssten sie, dass gerade ein Anschlag auf sie verübt wurde. Rasier ein Haar ab und es sprießen unmittelbar drei Hydra-Haare aus derselben Wurzel nach, Mini-Medusen gegen die Lust.

Epilieren ist da anders, besser: Die Haare werden zur Gänze entwurzelt. Entwachsen ist da noch die beste Methode, weil das warme Wachs die Poren öffnet und so eine noch gründlichere Behandlung ermöglicht. Entwachsen, sieh an, das sage ich aus irgendeinem Grund immer falsch. Es heißt natürlich Enthaaren. Mit Wachs.

Ich gehe dazu immer in ein sogenanntes Waxing-Studio. Diese befinden sich seltsamerweise immer in den bürgerlichen Bezirken, in denen nur weiße Frauen wohnen, die auf den Oberschenkeln ganz dünne, blonde Haare haben. Dort, wo die Arbeiter_innen leben, die Migrant_innen, gibt es keine solchen Studios. Vielleicht machen die es aber einfach selbst, wer weiß – ich habe da schon einige YouTube-Videos mit Anleitungen dazu gesehen, möglich ist es jedenfalls.

Aber ich bin da viel zu ungeschickt. Ich hab's versucht, aber ich schaffe es nie, alle Stellen zu erreichen. Ich komme beispielsweise nicht an die Rückseite meiner Oberschenkel, das Wachs in der Kniebeuge bleibt mir immer darin kleben, mir wird ganz heiß und schwindlig vor Rotation um meinen eigenen Körper – und auf halbem Wege komme ich sowieso drauf, dass ich zu wenig Wachs besorgt habe. Daher überlasse ich meine Wurzelbehandlungen lieber professionellen Enthaarer_innen.

Waxing-Studios haben, ähnlich wie Haarsalons, besonders aufdringliche Wortwitz-Namen. „Wax in the City" heißt meines. Es ist ein minimalistisch möbliertes Etablissement irgendwo zwischen Ordination und Coiffeur, mit einem Wartezimmer voller Frauenzeitschriften und einem langen Gang, der von kleinen Kabinen mit Vorhängen gesäumt wird. Es ist genauso schmucklos eingerichtet, wie man später davon ausgespuckt werden sollte: Exportware Innenarchitekturphilosophie.

Zuerst muss ich am Empfang mitteilen, welche Körperzonen ich enthaart bekommen möchte. Ich nehme immer „Beine komplett" (meine Oberschenkelhaare sind nicht blond) und dazu „Brazilian Hollywood Cut". Warum eine vollständig enthaarte Muschi ausgerechnet „Brazilian Hollywood" heißen soll? Dass gerade die vollblütigen Karnevalsbrasilianerinnen namensgebend besonders militant und radikal geglättet werden sollen, passt zu meiner Theorie mit der halbherzigen Exotisierung durch Männer. Geschorene waren immer schon Unterworfene.

„Hollywood" soll wahrscheinlich eine Anspielung auf die Porno-Ästhetik sein und nicht wörtlich genommen werden. Immerhin geht es beim Waxing eher um die Eliminierung der Stechpalmen. Die Pornoindustrie ist sowieso viel sauberer und steriler, als man gerne sagt und denkt. Haute-Hollywood-Heimat, Triple Penetration und Cumshot Compilations – aber wehe, es rührt sich ein Schamhärchen im Sturm der Liebe. Nein, nein. Das wäre viel zu dreckig, zu pervers, zu abartig-feminististisch.

Körper- und Schamhaare gehören offenbar zum Ekelhaftesten überhaupt. Das Haar in der Dusche, das Nasenhaar, die Haare um den After, in denen sich überraschenderweise gar nicht so oft Scheiße verfängt. Selbst Charlotte Roche traut sich nicht über dieses Tabu, sie ist ja auch nur eine Weiße.

Ich lege mich, nachdem mich meine Depiladora – das ist der stylishe Ausdruck für Kosmetikerin – namentlich aus dem Wartezimmer abgeholt und in meine Kabine geführt hat, unten ohne auf die Liege in dem kleinen, spartanisch eingerichteten Raum. Darin werden zunächst meine Beine mit gelbbraunem Wachs eingeschmiert. Über mir hängt eine lange Neonlampe, fast genauso lang wie ich, die es meiner Depiladora ermöglicht, meine Scham besonders genau zu inspizieren, ja, sie sticht uns mit grellem Edelgaslicht fast die Augen aus.

In diesem Licht sieht man selbstverständlich die großen, länglichen Narben auf meinen Oberschenkeln. Aber die Depiladora fragt nicht. Sie kümmert sich um die Haare, ohne sich viel zu kümmern. Ich überlege, ob aus der Narbenhaut eigentlich überhaupt noch Haare wachsen. Wahrscheinlich nicht: die einzige zuverlässige und nachhaltige Art, Körperbehaarung loszuwerden.

Fürs Muschi-Enthaaren muss man sich außerordentlich unbequem positionieren. Am Rücken liegend muss man die Beine zunächst aufstellen, anziehen und dann spreizen. Fußsohle an Fußsohle liegt man in einer Art horizontalem Schneidersitz, sodass die Depiladora so gut wie möglich zu allen Muschi-Haaren kommt.

Das Wachs, das ohnehin schon sehr heiß ist, fühlt sich auf den Schamlippen an wie Glut. Eine Sekunde lang möchte man aufschreien, alles verfluchen und für alle Zeit aus der Schönheitsindustrie auswandern, doch bevor die Vernunftsneuronen feuern, ist das Wachs schon wieder abgekühlt. Wenn es hart genug ist, sprich wenn es vom flüssigen in den festen Aggregatzustand gewechselt hat und daher greifbar ist, reißt die Depiladora es mit einem zuckenden Rucken ab.

Jedes Mal, wenn ich so mit halbsteifem Wachs im Schritt daliege, denke ich mir: Was, wenn jetzt etwas passiert? Wenn es einen Feueralarm gibt? Oder ein Erdbeben? Oder Krieg? Im schlimmsten Falle stürzt noch die Neonröhre auf meinen Kopf und versengt mir die

Augenbrauen. Ich stelle mir vor, es ist Krieg, und ich bin gerade beim Entwachsen. Pardon, Enthaaren. Ich habe immer solche Alltags-Katastrophen-Vorstellungen. Liegt an meiner frühen Entwurzelung und dadurch ausgelösten Störung des Grundvertrauens, sagt meine Therapeutin. Ich nenne es „Worst-Case-Szenario-Technik". Wer im Krieg war, weiß, dass das Licht nie stabil hängt, nie.

Für die Waxing-Situation habe ich leider noch keine gute Exit-Strategie. Man müsste wohl wirklich die Technik lernen, sich die Warmwachsplättchen eigenständig ordentlich abzureißen. Dazu gibt es bestimmt von Frauen aus dem Nahen Osten ganz gute YouTube-Tutorials.

Für etwaige Atomreaktor-Explosionen und den Dritten Weltkrieg habe ich mich aber gründlicher vorbereitet. Es ist gar nicht so schwer: Man muss nur auf Google Earth die Standorte der nächsten AKWs mit den üblichen Windmustern in Europa abgleichen. Schon kann man sich für jeden Reaktor die günstigste Fluchtroute weg von der radioaktiven Wolke überlegen. Einen Rucksack mit Survival-Utensilien habe ich schon gepackt, er steht ganz hinten unten, aber trotzdem gut greifbar im Wandschrank.

Wer klug ist, hat für den Fall eines Super-GAUs auch noch zwei Kanister Benzin im Keller, in der Garage oder am besten direkt im Auto. Denn das ist das Erste, was im Notfall ausgehen wird. Alle Flüchtenden werden sich an den Tankstellen um den Treibstoff die Köpfe einschlagen, während man selbst schon zweihundert Kilometer weiter ist. Das hat mein Fahrschullehrer ganz nebenbei in einer Fahrschul-Stunde geraten, und es war das einzig Sinnvolle, das ich je in der Fahrschule gelernt habe.

Das mit dem Reiserucksack aber war ein Rat meiner Therapeutin. „Wenn Sie diese Angst so pressiert, können Sie ja einfach tatsächlich Vorbereitungen treffen“, sagte sie. Wenn ich nicht wollte, dass jemand mich für verrückt hält, müsse ich das niemandem erzählen.

Ich halte aber nichts von der Paranoia vor der Paranoia. Heute nennt man das sowieso Zukunftsvorsorge. Die marktwirtschaftliche Verwertung der Angst: Versicherungsmathematik, Risikostatistik, Unfallökonomie. Wahnsinn ist nicht, was Leben rettet, sondern was Leben rechnet.

Als Letztes wird beim Entwachsen die Pofalte eingeschmiert. Dazu dreht man sich auf der Liege auf den Bauch und greift mit den Armen zurück, um die Pobacken (nicht Arschbacken, Pobacken heißt es im Waxing-Menü) mit den Händen auseinanderzuhalten. So liegt eins da, ausgestreckt, die eigenen Finger leidenschaftlich in die eigenen Pobacken geklammert, das Gesicht aufgrund mangelnder Kopfunterstützung und plötzlicher Schwerpunktverlagerung fest in die weiße, schützende Papierunterlage gedrückt, die nach jeder Klientin gewechselt wird. Nie ist man froher, dass die Depiladora an sich weitaus weniger redefreudig ist als die Friseurin. Wortlos geht die Ritzenratzerei vonstatten. Die meisten hier arbeitenden jungen Frauen können ohnehin nur sehr wenig Deutsch. Weil sich die Kommunikation auf Essenzielles beschränkt („Umdrehen bitte! Geht's? Danke!“), habe ich oft nicht einmal klischeehafte Anhaltspunkte, um zu schätzen, woher meine Dora Depiladora kommen könnte. Der Gedanke, hier könnten sich zwei Jugoslawinnen zwanzig Jahre nach dem Krieg zufällig in einer Situation begegnet sein, in der eine der anderen die Arschhaare ausreißt, bereitet mir dann in der Enthaarungsfesselstellung großes Unbehagen. Ich beruhige mich allerdings schnell: Über die nationale Scham redet man noch viel weniger gern.

Man weiß ja eigentlich nicht, warum moderne Menschen kein Fell haben. Man weiß es nicht – wissenschaftlich gesehen –, warum Homo sapiens sapiens vergleichsweise nackt ist. So viel weiß er, der Homo, aber so wenig über die Geschichte seiner Haut.

Es gibt verschiedene, wenig aussagekräftige, Theorien dazu, die sich etwa auf Klimaveränderungen, Völkerwanderungen, Werkzeuggewandtheit, Ernährungsumstellungen und den aufrechten Gang beziehen. Aber noch bleibt der haarlose Mensch unerklärt.

Man weiß also nicht, woher sie kommen, die Haare, aber genauso wenig weiß man, wohin sie gehen. Forscher_innen sind uneins darüber, ob und inwiefern etwa moderne Hygienemethoden unsere Behaarung beeinflussen. Werden wir irgendwann ganz nackt sein können?

Die Wachsblätter mit meinen verstoßenen Haaren schmeißt die Depiladora in einen Stahlkübel, der neben dem Trolley steht, auf dem ihr Epilationsbesteck bereitliegt. Regelmäßig muss sie die Wachsreste im Kübel hinunterdrücken, ordentlich hineinsteigen, um Platz zu machen. So viel Wachs benötigt man bei mir, mehr als eine durchschnittliche Müll-Portion.

Bei einem Termin vor einigen Wochen – man muss regelmäßig zum Waxing gehen, die Wurzeln wachsen wundersam nach – sind ein paar gebrauchte Wachsblätter unbemerkt aus dem Kübel heraus- oder an ihm vorbeigefallen. Als ich mich gebückt habe, um meine Socken anzuziehen, habe ich die drei flüchtigen Wachsplättchen unter der Liege entdeckt. Drei Wachsblätter, zwei größere, fast hellbraune, ein kleineres, dreckig-gelbes. Wie drei verwelkte Blütenblätter sind sie verkrümmt dort gelegen. Bernsteinfarben darin eingegossen: viele kleine schwarze Härchen, ausgerissen, versteinert. Sie haben bedrohlich ausgesehen, wie über diesen Verrat verärgert. Tausend gefangene paralysierte Köpfchen mit Rattenschwanz, angebrannte Spermien, in die gleiche Richtung gewandt, immobilisiert auf ihrem Weg irgendwohin.

Dieser Anblick hat mich so sehr fasziniert, dass ich die Zeit, die einer die Depiladora zum Ankleiden lässt, bevor jemand das Schamhaargrabtuch, also die Liegenauflage, wechselt, stark strapaziert habe. Im Waxing-Studio ist immer viel los, das Wartezimmer der zukünftig der Behaarung Entwachsenen immer voll, die Kosmetikerinnen immer hektisch. Ich habe darüber nachgedacht, ob ich jemand von meinem Fund erzählen sollte – schließlich wird es wohl kaum eine Švabica freuen, fremde Balkanmuschihaare herumliegen zu sehen. Andererseits – wie sollte ich subtil auf das Missgeschick hinweisen? Meine Depiladora war schon weg. Mit den haarigen Wachsblüten in der Hand ins Wartezimmer zu spazieren war natürlich keine Option. Vielleicht darauf warten, dass eine andere Depiladora vorbeikommt, und diese ansprechen? Irgendwie war mir das dann auch unangenehm. Meine Muschihaare sind eine Privatangelegenheit zwischen mir und meiner Depiladora. Und außerdem würde sie vielleicht sogar Ärger bekommen: „Gebrauchtes Wachs! Liegengelassen! Hygiene! Vorschriften! Missachtet!“ Das habe ich nun wirklich nicht gewollt.

So ist mir nichts übriggeblieben, als die Haarwachsblüten zäh zu falten – das ausgekühlte Wachs wird ziemlich stur – und in meine Tasche zu packen. Als ich mit meinem Souvenir das Studio verlassen habe, habe ich mich wie eine besonders ungeschickte Diebin gefühlt: etwas stehlen, was man gerade loszuwerden versucht hat.

Mit den drei fehl am Platz klebenden Wachsblüten im Gepäck habe ich die große gläserne Ein- und Ausgangstüre – „Wax in the City – Haare sind ein Schmuck, aber nur an der richtigen Stelle" – verlassen. Draußen habe ich kurz mit dem Gedanken gespielt, mindestens ein Wachsblatt aufzuheben und einzurahmen. Doch dann hätte ich Besuch umständlich erklären müssen, was das für ein Bild ist und warum es da hängt. Irgendeine tiefsinnige, aber lakonische Bemerkung hätte ich mir zurechtlegen müssen, einen klugen und witzigen Vergleich, sonst würde diese Deko wohl eher verstörend wirken. Besonders für meinen männlichen Besuch wahrscheinlich, nicht zuletzt den, den ich an dem Tag erwartet habe. Es ist mir leicht widersinnig erschienen, ihn gleich damit zu konfrontieren, was ich eigentlich vor ihm verstecken wollte. Ein Mann sollte nie erfahren, dass man sich extra für ihn enthaart hat. Die bilden sich sonst viel zu viel darauf ein.

Geerbt habe ich meinen üppigen Wuchs übrigens von meinem Vater. Generell sehe ich meinem Vater und seinen Geschwistern sehr ähnlich, aber nicht nur die krumme Zinkennase habe ich von ihnen geerbt, nein, auch die überproportional dichten und störrischen Zotteln haben sich bis zu mir fortgepflanzt: Haare auf den Armen, Flausch im Nacken, leichte Wolle am Bauch, Strähnen um die Nippel. Mein Vater und seine Brüder sind

Männer mit buschigen Augenbrauen und vielen dicken Haaren auf den Armen und Brüsten. Die Art von Mann, die im Alter lange Nasen- und Ohrenhaare bekommt.

Was ist eigentlich los mit diesen Ohrenhaaren? Je älter man wird, desto mehr von den Sensibelchen, die für das Gehör notwendig sind, sterben aus. Sie sterben einfach weg. Die einzigen Haare am ganzen Körper, die nicht nachwachsen, sind ausgerechnet jene, die einen Sinn konstituieren. Stattdessen bekommt man diese Wucherungen auf der Innenseite der Knorpelmasse, die sich vor dem Gehörgang türmt. „Tragus" heißt dieser Knorpelwulst, der das unnötigste aller Haarbüschel trägt. Wobei – Haare auf der großen Zehe sind ähnlich entbehrlich. Davon hat mein Vater allerhand, ich glaube sogar, auf jeder Zehe, auch der kleinen, ein paar. Seitdem seine Haare langsam weiß werden, wird er, der Volksschullehrer, immer seltener grundlos von der Polizei vor seiner Schule angehalten und kontrolliert.

Die Verwandtschaft zu meiner Mutter erkennen die meisten Menschen lediglich an unserer Kopfhaarfarbe: rot. Wir sind jedoch beide nicht naturrothaarig. Keine ... Rotinen? Eine Frechheit eigentlich, dass Blondinen und Brünette eine eigene Bezeichnung bekommen, wir Röteln aber nicht. Dabei ist Rot die am meisten identitätsstiftende Haarfarbe.

Nur zwei Prozent der Weltbevölkerung haben von Natur aus rote Haare. Bei Naturblondinen ist es ähnlich: alles rezessive Gene, alles zum Verschwinden verdammt, Kapillozid. Die Haare blond zu färben ist aber immer moderner und vor allem einfacher gewesen. Rot ist Erfahrungssache und Lebensaufgabe. Neulich habe ich versucht, mir die Haare statt mit chemischen Mitteln mit Henna nachzufärben, um einen natürlicheren und spitzenschonenderen Glanz zu bekommen. Besonders authentisch gespielte Natürlichkeit ist das A und O der Schönheit. Es hat sich herausgestellt, dass Henna alles färbt: Keramik, Stoff, Haut, Nägel – alles außer Haare. Scheiß-Natur. Verschwindend gering ist neben natürlich schönen roten Haaren auch die Wahrscheinlichkeit, in meinem Falle grüne Augen zu bekommen. Wenn der braunäugige Vater eine blauäugige Mutter findet, dann hat das Kind eine 0,02%ige Chance auf Grünäugigkeit. 0,02 Prozent! Zwei Hundertstel! Bloß sollte eins sich nicht zu viel mit den eigenen Genen beschäftigen, zu schnell kommt man auf die Idee, etwas Besonderes zu sein. Wer nach seinen Wurzeln fragt, begreift sich als Frisur.

Die Haut ist direkt nach dem Enthaaren noch lange überempfindlich. Das Ausreißen der Haare hinterlässt einen tauben Phantomschmerz, die Kleidung fühlt sich darüber plötzlich peinvoll gegenwärtig an.

„Bitte helfen! Habe Hunger! Es gibt kein Zuhause!“, steht auf dem Kartonschild eines Bettlers, dem ich auf dem Heimweg vom Waxing begegne.

Es gibt kein Zuhause. Ich denke mir, der Mann kommt bestimmt aus Russland. „Дома нет“ würde man auf Russisch sagen, wenn man obdachlos ist. „Des Heimes nicht“ wäre die wortwörtliche Übersetzung davon. Die Russ_innen leisten sich nicht einmal das Verb „sein“.

Ich gebe dem Bettler 1,20 Euro. Für 61 Euro habe ich mich fast vollständig epilieren lassen. Jetzt muss ich nur noch meinen Dreitagedamenbart rasieren.

The encrypted message received from Paragon is unreadable, as you are not currently communicating privately. (02:40:02)

Encrypted OTR chat initiated. (02:40:03)

(02:40:03) Paragon: [resent] Hey, auch noch wach? :)

(02:44:45) Lara: ja, ich kann irgendwie nicht schlafen

(02:45:20) Paragon: was machst du gerade?

(02:45:50) Lara: ich schau irgendwas auf Youtube

(02:45:55) Lara: so Sachen über Jugoslawien, keine Ahnung

(02:46:07) Paragon: Yugo-Tube ;)

(02:46:29) Lara: haha ja

(02:46:46) Lara: halt so kitschige Musik, von der ich mehr kenne, als mir lieb ist. Mit diesem Auto-Play von Youtube, wo am Ende immer gleich ein zufälliges Video kommt, bin ich irgendwie reingerutscht

(02:47:13) Paragon: hm, ich kenne eigentlich überhaupt keine jugoslawische Musik, fällt mir gerade auf

(02:47:50) Paragon: (das mit dem Autoplay kann man aber glaube ich irgendwo abstellen)

(02:47:57) Lara: https://www.youtube.com/watch?v=723wG0RKPSE

(02:48:12) Lara: das Lied heißt „Die Neunziger"

(02:48:18) Lara: (Text folgt, hör's mal an ;))

(02:49:34) Paragon: Hm, das Video deutet ja schon an, worum's geht ... Das Lied ist aber fast ein bisschen zu fröhlich?

(02:49:42) Paragon: „Che Guevara" hab ich am Anfang schon gehört ;)

(02:49:55) Lara: ja :D

(02:50:32) Lara: also meine Übersetzung ist nicht ganz so stimmig

(02:50:46) Lara: auf jeden Fall geht er alle Dekaden durch

(02:50:49) Lara: bis er zu den Neunzigern kommt.

(02:50:52) Paragon: du brauchst jetzt nicht alles für mich übersetzen ^^

(02:50:53) Lara: ein paar Zitate:

(02:51:22) Lara: (aja, die Einleitung:
Guten Abend, meine Damen
und mein Herr.
Das ist ein Lied über die Neunziger
wie sie wohl waren.
Als die Neunziger
wird nichts schlimmer sein, das ist klar.)

(02:51:35) Lara: 60er:
Wir hatten wenigstens alte Gitarren
ein paar Badges an den Kragen
Blödes Yeah-Yeah zum Delay der Revolver
die Fahne der Sechziger sponnen Grammophonnadeln

(02:51:50) Paragon: hmmm, also übersetzte Gedichte

(02:51:55) Lara:
Wir hatten wenigstens verschiedenste Che Guevaras
Oho, und noch größere Schmähs

(02:52:14) Lara:
der Protest der Siebziger war eher ein Mode-Statement

(02:52:27) Lara:
denn unsere Becher waren eh bis zum Rand voller Freiheit

(02:52:36) Lara: (das waren die 70er)

(02:52:46) Lara: 80er:
Wir hatten wenigstens Reisen

Bahnsteige, Tränen, Küsse
der rote Pass ohne Makel
welcher Grenzen passiert ohne Scherereien
die Tagebücher der Achtziger geschmiert auf grelle Postkarten
die Welt schminkte sich das Gesicht für uns

(02:52:57) Lara:
...
blablabla, instrumental

(02:53:12) Lara:
Und dann kamen die Neunziger
traurig, unglücklich, frevelhaft
der Herr hat am Pulver geschnüffelt und ist kalt in die Wolken verschwunden

(02:53:13) Paragon: ich glaube, ich versteh schon ca., wo es hinsoll

(02:53:34) Lara:
ach, wenn die Dämme brechen, gibt es keine Rettung

(02:53:39) Lara:
bevor die Flüsse umkehren

(02:54:15) Lara:
Wir waren wenigstens irgendetwas in der Welt

(02:54:20) Lara:
und in den Menschen

(02:54:32) Lara:
fickt euch, 90er

(02:54:55) Lara:
euch wird niemand vermissen und euch auch keine Verse prägen

(02:55:19) Lara:
seid froh, wenn euch überhaupt jemand eine Strophe widmet

(02:55:41) Lara: (so, das war's. sorry für diese wall of text – aber wer das verstanden hat, hat Jugonostalgie verstanden)

(02:56:26) Paragon: Cooles „Fazit“ :) aber ich bin mir nicht sicher, ob ich alles gecheckt habe

(02:56:40) Paragon: ist bestimmt im Original besser

(02:56:53) Lara: hm, ja. so auf die Schnelle Lyrik zu übersetzen ist vielleicht Unsinn

(02:57:16) Paragon: schwierig halt

(02:57:48) Lara: von dem Künstler gibt's ein Lied namens „Drei Mal habe ich Tito getroffen“

(02:57:59) Paragon: Hihi und was hamse so geredet? :D

(02:58:18) Lara: kommt nicht vor, er erklärt eher, wie so die Stimmung und der Kontext war

(02:58:31) Paragon: Okay ;)

(02:58:52) Paragon: Wenn du übrigens mal die Zeit hast und das noch schöner übersetzt, musst's mir auf jeden Fall noch mal schicken

(02:59:12) Paragon: Vielleicht mach ich dann ja ein Cover oder so ^^

(03:00:03) Lara: das dritte Mal, dass er ihn gesehen hat, war das Begräbnis

(03:00:25) Paragon: Ich werd mich demnächst glaub ich noch mal genauer mit Tito und Jugoslawien auseinandersetzen. Weiß ja doch nur so die Eckpunkte ...

(03:00:40) Lara: pass auf, du verliebst dich noch.

(03:00:52) Paragon: Hihi, das könnte allerdings bereits passiert sein

(03:00:57) Lara: ;)

(03:01:28) Paragon: Ich mag ja noch immer nicht wirklich schlafen gehen, aber muss jetzt wohl wirklich.

(03:01:34) Paragon: Immerhin klingt aber das letzte Lied immer noch schön im Ohr :)

(03:01:56) Paragon: Also ich wünsch dir mal eine gute Nacht, ja? Schlaf supergut und träum was Schönes! :) :) <3

(03:02:04) Lara: Gute Nacht

(03:02:20) Paragon: Einmal noch: <3 <3 <3

(03:02:26) Paragon: ;)

(03:02:34) Lara: :)

(03:02:46) Paragon: also bis dann ^^

(03:02:58) Lara: bis bald!

Paragon is no longer using encryption. You should cancel encryption on your side. (03:02:59)

From: gabriele.podlehnik@bezirkszeitung.at
To: lara.voljic@gmail.com
CC: cvd-bz@bezirkszeitung.at
Subject: [empty]
Date: Di, 27. Jun 11:50:04

Liebe Lara!
Danke für deinen Text! Er wirkt mir ein bisschen so, als wolltest du zu viel reinpacken. Und von Ton und Form

her ist er auch nicht unbedingt etwas für uns. Wir hatten uns eher vorgestellt, dass du vor Ort recherchierst, also mit Betroffenen und Nachbarn über die Situation sprichst, die beteiligten Feuerwehrleute über ihren Einsatz befragst und so weiter, verstehst du?

Wir behalten den Artikel aber auf jeden Fall für die Zukunft auf!

LG, Gabi

From: lara.voljic@gmail.com
To: gabriele.podlehnik@bezirkszeitung.at
Subject: [empty]
Date: Di, 27. Jun 10:32:13

We didn't start the fire

Nach dem verheerenden Brand in der Volksschule unseres Bezirkes kommen immer mehr Fragen und Sorgen auf. Unsere Reporterin Lara Voljić ist dem Thema Brandschutz genauer nachgegangen und dabei auf einige Überraschungen gestoßen.

„Unbekannte Brandursache" und „außer Kontrolle geratene Situation" – so kommentiert die Polizei den Brand in der Volksschule Hartmutgasse in einer Presseaussendung, Feuerwehrsprecher Alexander Illig erklärt den Vorfall folgendermaßen: „Der Zugang zum Gebäude war im dicht besiedelten Stadtgebiet schwierig. Als wir einen effektiven Löschzugang gefunden hatten, hatte sich der Brand schon derart ausgeweitet, dass wir uns nur mehr darauf konzentrieren konnten, dass das Feuer sich nicht auf angrenzende Gebäude ausweitet." Der Großeinsatz der Feuerwehr hatte von Montagabend bis in die frühen Morgenstunden gedauert. Verletzt wurde niemand, weil das Gebäude zum Zeitpunkt fast komplett leer war. Nun ist das nach dem Brand schwer beschädigte Haus gesperrt, wann der Betrieb weitergehen kann, bleibt noch unklar.

Doch wie konnte es überhaupt so weit kommen? Brandschutzbestimmungen in Österreich sind in einem kaum durchschaubaren Labyrinth bürokratischer Klauseln festgelegt und unterliegen keiner zentralen Koordinationsstelle oder Kontrollkommission. Der bauliche Brandschutz liegt in der Verantwortung der EigentümerInnen beziehungsweise der VermieterInnen. Für den Pflichtschulbereich ist dafür das Land Wien, die Magistratsabteilung 56 (Städtische Schulverwaltung) zuständig. Die Liegenschaften der Bundesschulen, also weiterführende Schulen wie AHS, HTL, HAK, HLW usw., wurden durch Gesetz der Bundesimmobiliengesellschaft m.b.H. (BIG) übertragen, die nun Eigentümerin und somit für den baulichen Brandschutz verantwortlich ist.

Der bauliche Brandschutz umfasst alle baulichen Maßnahmen, die Brände und Rauch örtlich eingrenzen und die Flucht von Menschen ermöglichen. Jedes Schulgebäude verfügt – abhängig vom Zeitpunkt der baurechtlichen Bewilligung – über einen aufrechten Baukonsens, das heißt, das jeweilige Gebäude entspricht den Normen zum Zeitpunkt der Errichtung. Doch die Bauvorschriften ändern sich im Laufe der Zeit, auch im Zusammenhang mit neuen Technologien. So ist es möglich, dass Schulen den baulichen Brandschutz betreffend unterschiedlich ausgestattet sind, aber alle Gebäude dennoch den – zum Zeitpunkt der Genehmigung gültigen – Bau- und Brandschutzvorschriften entsprechen.

Auch im Hinblick auf die barrierefreie Nutzung, technische Ausstattung und Einrichtung gibt es Unterschiede zwischen den einzelnen Standorten. Die BIG hat in den letzten Jahren erhebliche Mittel aufgewendet, um den Sicherheitsstandard an den Bundesschulen in ganz Österreich zu heben. 2014 gab sie insgesamt 57 Millionen Euro für Brandsicherheitsmaßnahmen an Schulen und Universitäten aus, vierzig Prozent des Auftragsvolumens gingen dabei an nur drei Firmen. Auch die Volksschule Hartmutgasse war erst 2007 mit Kosten in der Höhe von 340 000 Euro mit neuen Brandschutztüren ausgestattet worden. Insgesamt schätzt das Institut für Brandschutztechnik und Sicherheitsforschung den jährlichen Umsatz der Brandsicherheitsindustrie in Österreich auf 25 Milliarden Euro.

Für Bildungseinrichtungen gelten neben den allgemeinen Bauvorschriften noch zusätzliche, strengere Verhaltensrichtlinien für den Ernstfall und für Aufsichtspflichtige. Die Toleranzzeiten für die Sanierung von Gebäuden sind wesentlich kürzer, das Material muss per Gesetz der höchsten bzw. teuersten Sicherheitsklasse entsprechen.

Julia K., Lehrerin im 16. Wiener Gemeindebezirk, die lieber anonym bleiben möchte, sagt: „Die Renovierungen der Schulen sind sehr teuer und dauern lange, beeinträchtigen den Unterricht.“ Sie ist skeptisch, was die Effektivität angeht: „Um Feuersicherheit zu garantieren, müssten die Türen immer geschlossen bleiben. Die kleinen Kinder können aber die schweren Türen manchmal nicht alleine öffnen. Deshalb – und auch weil es an manchen Orten in der Schule einfach viel praktischer ist – verwenden wir Türstopper, um sie offen zu halten.“ Dies wiederum unterlaufe die ganze Idee der Feuersicherheit, außerdem könnten die teuren Türen bei falscher Verwendung kaputtgehen.

David Nikolic ist Architekt und arbeitet im Wiener Architektur-Büro „Arceus“, das regelmäßig Sanierungen von Gebäuden plant, um die Barrierefreiheit und die Brandsicherheit zu erhöhen – vermeintlich. „Manchmal sind die Bestimmungen widersprüchlich oder kontraintuitiv“, sagt Nikolic, der als Architekt zwar von den immer neuen Baubestimmungen profitiert, die Praxis dennoch kritisch beäugt. „Wir mussten neulich etwa eine rollstuhlgerechte Brandschutztür so einbauen, dass sie in einen viel zu engen Gang führt, der auch noch in einer Sackgasse endet. Im Ernstfall würde dort bestimmt Panik entstehen“, erklärt er. Doch die Tür an einer sinnvolleren Stelle einzubauen wäre laut Nikolic wegen der Bestimmung der Breite der Brandschutztüren und der Abstände zu den nächsten Wänden unmöglich gewesen.

Medienberichten zufolge gab es in den letzten zehn Jahren in Österreich mindestens sieben Feuer in Schulen; in einem Fall sprach die Polizei von Brandstiftung.

Verletzt wurde niemand. In Asylheimen gab es im letzten Jahrzehnt mindestens zehn Brände, von denen vier auf Brandstiftung zurückgingen. Die Bilanz: Ein Toter und insgesamt 39 Verletzte. Für Asylheime gibt es keine einheitlichen Feuersicherheitsbestimmungen.

Der Krieg hat sich an mich eher angeschlichen, als mich zu überfallen. Natürlich hat man gewusst, hab ich gewusst, dass in verschiedenen Gebieten gekämpft wurde. Doch bis zum Schluss habe ich, und ich glaube, so ist es auch vielen in meinem Umfeld gegangen, an dem Gedanken festgehalten, dass so etwas bei uns einfach nicht passieren kann. Aber was rede ich, vielleicht war ich einfach nur naiv und habe es nicht wahrhaben wollen, während alle um mich herum wohl schon Fluchtpläne geschmiedet haben. Als Erstes sind die Serben aus der Fabrik verschwunden. Sie sind eines Tages einfach nicht mehr zur Arbeit aufgetaucht, und es sind keine Fragen gestellt worden, die allerdings auch nicht beantwortet worden wären. Meine beste Freundin Duška ist Hals über Kopf ins serbische Niš zu ihren Schwiegereltern gegangen. Ich glaube, ich habe mir zu diesem Zeitpunkt noch vorgemacht, dass das wegen des Geldes war, immerhin war die wirtschaftliche Lage schwierig und die Erträge aus dem kleinen Feld, das ihr und ihrem Mann gehört hat, sind immer schmäler geworden.

Meine eigene Schwester ist schon 1990 mit den drei Kindern „ans Meer gefahren“ und nie wieder zurückgekommen. Damals habe ich gedacht, es sei wegen der kleinen, asthmakranken Jana, der die Meerluft bestimmt gut getan hat, und ich habe mir vorgestellt, wie die Kleine endlich in einem speziellen Sanatorium oder einem guten Krankenhaus in Split oder Opatija die Behandlung bekommt, die sie braucht. Heute weiß ich, dass meine Schwester schon lange gewusst hat, dass ein Krieg kommen wird, weil ihr Mann bereits bewaffnet war und im Wald mit anderen Nationalisten trainiert und Schießübungen durchgeführt hat. Meine eigene Schwester hat mir also nichts von dem Krieg erzählt, von dem sie gewusst hat, dass er kommen wird. Aber das wird mir erst jetzt alles klar, und ich weiß nicht, ob ich es schaffen werde, es ihr übel zu nehmen.

Selbst als die ersten Bomben gefallen sind, ist mir die unmittelbare Gefahr der Situation nicht bewusst gewesen. Wenn ich heute daran zurückdenke, dann kommt mir vor, ich wäre im Moment, als die erste Bombe eingeschlagen hat, verschwunden. Ich weiß daher nicht, wer diese Frau war, die meinem Kind im Bunker die Haare geflochten hat. Die es angelogen hat, dass das, was in der Ferne zu hören war, lediglich ein Feuerwerk war. Die ihm während des Sirenenheulens die immer gleichen Lieder vorgesungen hat. Ich habe mit dieser Frau auch nichts gemeinsam. Ich bin im Moment, als wir in den Bunker gestiegen sind, ausgetreten, und sie hat übernommen. Ich bin froh und dankbar, denn diese Frau hat Geduld gehabt, Widerstandskraft und Ruhe. Sie hat sich durch nichts davon abbringen lassen, mein Kind, unser Kind, gesund aus diesen Bunkern zu bekommen. Sie ist so viele Kilometer mit dem quengelnden Kleinen über weite Hügel und steinige Pässe gewandert, um bei entfernten Verwandten fern vom Schussfeuer unterzukommen. Sie ist nie verzweifelt, auch nicht, als die anderen Frauen im Flüchtlingslager am Meer sie gemieden und geschnitten haben, weil ihr Mann in gar keiner der verfeindeten Armeen gedient hat. Die, die sich nicht am Konflikt beteiligen wollten, sind fast mehr gehasst worden als die jeweiligen Gegner. Aber die Frau war zielstrebig, sie hat immer gewusst, sich zurechtzufinden, sie ist nie verzweifelt. Sie hat auch nie Albträume gehabt von den Reihen an toten, am Straßenrand liegenden Männern mit abgeschnittenen Genitalien zum Beispiel, an denen sie am letzten Tag in ihrer Heimatstadt vorbei gelaufen ist. Nein, sie war einfach da und hat all die richtigen Sachen getan.

Irgendwann, ich glaube, als wir zum ersten Mal nach Wien hinein gefahren sind, haben wir beide wieder Platz gewechselt. Meine Mutter hat mich immer aufgezogen damit, dass ich mich angeblich wie eine Wiener Prinzessin verhalten habe. Das war, weil ich nicht gerne im hohen Gras gehen und nie barfuß über Wiese oder Erde laufen wollte, ich habe das Gefühl nicht gemocht. Das hat meine Mutter als Zimperlichkeit interpretiert, was wohl keine wirklich falsche Einschätzung war. Da war ich also, tatsächlich zur Wiener Prinzessin geworden, und die weise Frau und ich haben irgendwo bei der grell beleuchteten südlichen Autobahneinfahrt in die Stadt wieder die Rollen getauscht.

Bugojno-Beč, BB oder bb, die Abkürzung für „bez broja“, den Zusatz zu einigen alten Adressen in Jugoslawien, „ohne Nummer“. Jugosla-Wien: Die echten Wiener_innen sind in Wirklichkeit nur die, die unverhofft und unabsichtlich hier landen. Sie sind die Einzigen, denen es zusteht, diese Stadt ihre Heimat zu nennen.

Den Wehrdienst begonnen habe ich in Demir Kapija in Mazedonien. Dort kam ich gleich in eine ein Monat lang andauernde Quarantäne, weil alle Soldaten meiner Einheit Läuse bekommen hatten. Wir durften weder in die Stadt noch zu unseren Freunden in andere Kasernen in der Nähe. Alle Soldaten mussten sich nackt ausziehen und die Kleidung abgeben. Die gesamte Kaserne wurde geputzt und alles, womit die Soldaten in Berührung gekommen waren – Bettwäsche, Matratzen –, wurde gewaschen. Es gab große Zisternen, in die so viel Kleidung gelegt wurde, wie es nur ging. Dann wurden die Läuse mit einer Dampfwäsche bekämpft. Währenddessen wurde uns Soldaten der Kopf geschoren und wir mussten uns waschen. In diesem Zeitraum war ich komplett nackt.

Damals sah ich zum ersten Mal einen Film, welchen sie uns Soldaten in einem Heereskino zeigten. Soweit ich mich erinnere, hieß der Film „Slavica“. Es ging um einen Soldaten, der aus den Dörfern Ochsen für den Gebrauch in der Armee und Fleisch als Nahrung für die Kameraden holte. Das erste Mal ins Kino zu gehen war ein großes Ereignis für mich, bis dahin war ich damit noch überhaupt nicht in Kontakt gekommen. Auch während des Filmes, der uns als Aufmunterung in der Quarantäne gezeigt wurde und die Zeit während der Wäsche überbrücken sollte, waren alle Soldaten nackt.

Nach der Quarantäne bekam die ganze Einheit den Befehl, nach Strumica zu übersiedeln. Der Weg von Demir Kapija nach Strumica dauerte zwei Tage und zwei Nächte. Wir waren schnell sehr erschöpft, weil es die ganze Zeit regnete. Ich war den Maschinengewehren zugeteilt und ich wechselte mich beim Tragen mit einem zweiten Soldaten ab. Als wir einmal stehen blieben, um uns auszuruhen, stellte dieser das Maschinengewehr am Zaun eines Grundstückes ab und vergaß es dort. Erst bei der Ankunft in den neuen Baracken, als der Befehl gegeben wurde, die Ausrüstung zu kontrollieren, fiel mir das auf. Ich eilte sofort zum Kommandeur und setzte ihn davon in Kenntnis. Er war entsetzt und verärgert darüber, dass etwas derart Großes fehlen konnte, und verständigte sofort den Kommandanten des Bataillons, welcher den Kommandanten der Brigade informierte. Gemeinsam mit unserem Kommandeur ritten wir auf Pferden zurück zu der Stelle, wo wir uns ausgeruht hatten, um das Maschinengewehr zu suchen. Er sagte auch, dass wir uns schon mal aufs Gefängnis vorbereiten konnten, falls wir es nicht auftrieben.

Es war Sonnenaufgang, als wir losritten, wenig später kamen wir zu dem Grundstück, wo wir Pause gemacht hatten. Ein Mann stand in der Nähe und beobachtete uns. Nach einiger Zeit fragte er: „Habt ihr zufällig etwas hier vergessen?“ Der Kommandeur erschrak, wurde nervös und verneinte. Der Mann ging in ein Haus und holte das Maschinengewehr, das wir verloren hatten, hervor. Er sagte: „Das habe ich hier gefunden. Ich weiß, was das ist und dass das ein Militärgeheimnis ist, das ihr vor mir verbergt.“

Zurück in der Kaserne mussten wir uns dem Kommandanten der Brigade stellen. Als wir ihm alles erklärt hatten, gab er mir den Befehl, zwei Nächte lang Wache zu stehen und in der Früh als Charge vom Tag zur Tagwache zu rufen. Mein Kollege bekam eine Mahnung und musste einen Monat lang ins Gefängnis.

Im Naturhistorischen Museum in Wien sind – wie in vielen anderen vergleichbaren Museen – die ganzen Exponate lediglich Replikate. Die Originale werden aus Gips rekonstruiert und von Künstler_innen, Bildhauer_innen und Restaurator_innen in Kleinarbeit bemalt, sodass sie alt, abgetragen und authentisch aussehen. Die Original-Schädel im Wiener Naturhistorischen Museum werden nach der Produktion der Platzhalter vorsichtig verstaut und verschwinden dann in der Schädelhalle oder dem Schädelgang des Museums. Der Restkörper wird im Keller des Museums aufbewahrt. Kopf und Körper bleiben getrennt, aber dank minutiöser Dokumentation immer zuordenbar. Listen aus der Zeit vor der Eröffnung des Museums kennen manchmal sogar noch die Namen der Toten. Andere Schädel haben den Namen gar auf der Stirn eingeschrieben – es dürfte sich hier um Exhumierungen aus dem Barock handeln, da viele von ihnen auch mit aufwändigen Malereien wie Blumenkränzen und Ornament verziert sind.

In der Schädelhalle gibt es einen Platz, an dem Student_innen der Biologie, Anthropologie und Archäologie und andere Forschende, die als Einzige der wissenschaftlichen

Arbeit wegen Zugang zu den Originalen haben, besonders gerne sitzen. Die Sonnenstrahlen fallen auf das schwere, dunkle Holz des sicherlich selbst schon hundert Jahre alten Tisches, die alten, stark verzerrenden Fenstergläser geben einen leicht milchigen Blick auf die dicke Kaiserin Resi und das gegenüberliegende Kunsthistorische Museum frei. Wer weiß, vielleicht sitzen gegenüber, im spiegelgleich gebauten Kunsthistorischen Museum, an dem korrespondierenden antiken Schwerholztisch wiederum die Kunststudierenden besonders gern. Oder vielleicht hängt im gegenüberliegenden Haus genau dort ein Bild eines dazumal wichtigen Mannes, dessen Schädel jetzt im Naturhistorischen Museum liegt. Vielleicht sollte man sich überhaupt überlegen, die Porträts und die Schädel und Skelette der porträtierten Menschen gemeinsam auszustellen. Möglicherweise hängt in dem Parallel-Raum zur Schädelhalle im Kunsthistorischen Museum ohnehin barocke Kunst, wo jedes Bild mindestens ein Schädel ziert. Die Vielfalt der Schädelformen ist jedenfalls in beiden Häusern gleich groß.

Heute geht Lara nicht zum Forschen, Lernen oder einfach nur um in stillen, gekühlten Räumlichkeiten zu sitzen, in das Naturhistorische Museum, sondern mit Fabian in das nicht weit entfernte, dem Naturhistorischen Museum auf der Nordseite gegenüberstehende Museum Moderner Kunst, das seinerseits wieder gegenüber einem anderen Museum steht, in dem die Sammlung Leopold mit ihren Werken unter anderem aus der Wiener Moderne ausgestellt wird. In Wien bilden nämlich vier große Museen beim sogenannten Museumsquartier ein Rechteck, fast ein Quadrat. Es stehen einander immer zwei entweder identische oder zumindest gleich große Gebäude gegenüber. Zwischen den beiden modernen Museen wartet Fabian schon auf Lara, als sie ankommt. Die beiden umarmen einander zur Begrüßung und Lara bemerkt, dass Fabian am Rücken schwitzt. Seine neue Brille ist viel zu klein für seinen großen Kopf und sein T-Shirt etwas zu eng.

„Oho, schöne neue Brille!“, sagt Lara.

Die Brille hat dieselbe Form und denselben Stil wie ihre – rechteckig, mit dicken schwarzen Rändern –, die sie manchmal aufsetzen muss, wenn sie in Vorlesungen zu weit hinten sitzt oder wenn ihre Augen von der Arbeit am Computer müde sind. Aber Fabians Brille ist viel kleiner, die dicken Gläser in dem kleinen Rahmen verzerren seine Augen und lassen sie zu kleinen blauen Murmeln schrumpfen.

„Danke! Meine alte hatte schon viel zu wenige Dioptrien und ich habe mich endlich dazu überwunden, einen Termin beim Augenarzt auszumachen.“

Die Ausstellung, die die beiden sich im Museum Moderner Kunst ansehen wollen, heißt „Art“ und zeigt Werke einer ukrainischen Künstlerin namens Ana Grytsiv, „Preisträgerin des Nestlé-Art-Awards, Ausstellung powered by Erste Bank“.

Fabian und Lara kaufen bei einer schweigenden Kassiererin ermäßigte Karten, schließen ihre Rucksäcke und Stofftaschen in gläserne Kästchen gegenüber dem Museumsshop ein und betreten behutsamen Schrittes den ersten Raum der Ausstellung. Es ist sehr hell, die Wände und Sockel sind weiß gestrichen. Lara sucht sofort, erstens weil es ein Automatismus ist, der sich bei der Kulturtechnik

Museumsbesuch einschleicht, und zweitens weil sie obsessiv alles lesen muss, was ihr unterkommt, nach einer Einleitung, einem beschreibenden Text, irgendetwas, das hochtrabend und in Fremdwörtern die Intentionen und Vorstellungen der Künstlerin erklärt und optimalerweise in deren Biografie ergründet – doch da ist nichts. Lara hebt die Brauen, wirft den Kopf zurück und Fabian einen Blick zu. Der nickt wissend und schiebt sich mit dem Zeige- und Mittelfinger die Miniatur-Brille die Nase hinauf. Lara macht einen Schritt auf das am nächsten stehende Exponat zu. Es ist eine große, auf Holz gespannte schmucklose Leinwand, sehr ähnlich denen, die man im Papierfachgeschäft für ein künstlerisches Hobby kaufen kann. Sie ist im Neunzig-Grad-Winkel geknickt und liegt auf dem Boden. Auch hier fehlen die kleinen Etiketten, die normalerweise neben Kunstwerken oder Exponaten in Museen kleben und über deren Titel, Herkunft, Entstehungsjahr und Urheber_innen-Recht informieren. Im ganzen Raum hängen solche Leinwände, die mindestens an einer Stelle gefaltet sind. Sie gehen um die Ecke, hängen hoch oben an der Verbindung zwischen Decke und Wand, liegen auf dem Boden und kleben dreifalzig in den Ecken der Räume. Die meisten sind mit einfachen geometrischen Formen in Grundfarben bemalt, nicht unähnlich den Werken Piet Mondrians.

„Also, ich finde, das ist ein großartiger Kommentar zum aktuellen Kunstmarkt“, sagt Fabian.

„Mhm.“ Lara schreitet in diesem einen Tempo zwischen Spazierengehen und Im-Supermarkt-Einkaufen, das nur für Museumsbesuche reserviert ist, im Uhrzeigersinn an den Exponaten vorbei.

„Musst du mir so nachlaufen?“, sagt sie zu Fabian, den sie immer wieder im Augenwinkel dabei ertappt, wie er, statt die Werke zu beobachten, gespannt ihre Reaktion auf die Werke beobachtet.

„Ach so, nein, sorry“, sagt dieser verunsichert und läuft in der entgegengesetzten Richtung davon.

Lara wandert weiter und bleibt bei einem Podest stehen, an dem mehrere geknickte Leinwände in verschiedenen Abständen, Höhen und Tiefen angebracht sind. Die schwarzen dicken Linien, die auf die Leinwände gemalt sind, ergeben, im richtigen Winkel betrachtet, ein durchbrochenes Bild eines dreidimensionalen Würfels. Aus anderen Perspektiven ergeben die Linien keine erkennbare Form.

„Die Stellen, an denen der Würfel durchbrochen ist, sind immer im Goldenen Schnitt“, flüstert Fabian Lara ins Ohr, wobei sie leicht aufschreckt.

„Warst du schon mal in der Ausstellung?“

„Ja, vor einer Woche mit meiner Oma. Aber ich fand sie so gut, dass ich wieder herkommen wollte.“

Lara fühlt sich seltsam betrogen.

„Hm. Wieso hast du mir das nicht gesagt? Wir hätten ja auch etwas ganz Neues anschauen gehen können. Oder wolltest du dich vorbereiten, damit du dann bei mir kluge Sätze parat hast?“

„Haha, nein, ich dachte nur ...“

„Egal, Spaß. Gehen wir weiter.“

Lara biegt scharf ab und geht gleich in den nächsten Raum. Hier sind wieder geknickte, gefaltete und diesmal auch gebogene Leinwände ausgestellt, eine ist sogar um den Türstock zwischen dem ersten und dem zweiten

Raum herumgewickelt. Doch hier sind nicht nur bescheidene Linien zu sehen, sondern Replikate berühmter Gemälde verschiedenster Epochen. In zwei gegenüberliegenden Decken-Ecken finden sich zwei verschiedene Versionen der Mona Lisa. Eine davon sieht so aus, als hätte man sie aufgeschnitten und in das Eck geklebt. Seltsam verzerrt wacht ihr linkes Auge auf dem hohen Falz über den großen Raum, das Gesicht stark verzerrt durch die drei Kanten, über die es läuft. Die zweite Mona Lisa, schräg gegenüber der ersten im rechteckigen Museumsraum angebracht, ist so gemalt, dass sie vom Zentrum des Raumes aus betrachtet ganz normal aussieht, obwohl die Leinwand ins Eck gefaltet ist. Sobald man sich einen Schritt von der Mitte des Raumes entfernt, ist allerdings auch diese Mona Lisa verzerrt, aber auf eine weichere, rundere Art und Weise. Über dem Mittelpunkt des Raumes, wo Lara jetzt steht und der Mona Lisa 2 in die Augen blickt, hängt in etwa zwei Metern Höhe ein großer Ball, an dem mehrere verschieden große, seiner Oberfläche entsprechend gekrümmte Leinwände angebracht sind. Die Leinwände zeigen M. C. Eschers berühmtes Selbstportrait in einer reflektierenden Kugel, nur jetzt eben dreidimensional auf einer Kugel.

„Man muss schon sagen, dass das eine revolutionäre Perspektive auf die Malerei ist. Und das Handwerk ist auch hervorragend, sieh dir nur die ins Eck gemalte Mona Lisa an, da muss man mehrere geometrische und perspektivische Berechnungen machen, damit das so einwandfrei klappt“, kommt Fabian wieder daher.

„Ich weiß nicht. Irgendwie ist es ein Selbstläufer. Es ist alles dieselbe Idee, nur in verschiedenen Ausformungen.

Wenn man einmal die Idee gehabt hat, dann macht sich der Rest von selbst. Ich weiß nicht, ob man eine ganze Ausstellung mit nur einer Idee füllen kann und sollte."

Lara verlässt das Gefühl nicht, dass Fabian sich auf dieses Treffen vorbereitet hat, seine Sätze wirken zurechtgelegt und geübt. Aus irgendeinem Grund macht sie das wütend. Sie will ihm keine Genugtuung geben, indem sie ihm zustimmt.

Im dritten Raum sind nun keine Gemälde mehr zu sehen, sondern eine Ansammlung von Spiegeln, auf die schwarze, weiße und graue Linien und Schatten gemalt sind. Je nachdem, wo man sich im Raum befindet und von welcher Perspektive aus man die Spiegel beobachtet, sieht der Ausstellungsraum anders aus: mal größer, mal kleiner, mal ist es eine Säulenhalle, mal ein großer würfelförmiger Raum mit einem Podest in der Mitte. Es ist schwierig und äußerst verwirrend, in dem Spiegelraum zu manövrieren, deshalb darf nur eine bestimmte Anzahl von Menschen gleichzeitig hinein, was durch Securitys im Zwischengang geregelt wird. Auch würden zu viele Menschen im Spiegelraum die Raumillusionen wohl zerstören, denkt Lara, der von dieser Ausstellung langsam schwindlig wird. Sie entdeckt in einer Nische zwischen zwei Spiegeln einen Security und den Ausgang und stürzt in den Museumsshop hinaus, wo ihr von der Mischung aus den Gerüchen neuer Bücher und Räucherstäbchen übel wird.

„Ah, da bist du!", kommt Fabian auch gleich angelaufen, als hätte er sie auch nur eine Sekunde aus den Augen verloren. „Ist alles in Ordnung?"

„Mir ist nur übel geworden davon, wie schlecht diese Ausstellung ist."

Lara hat den todernsten Blick und den flachen Ton, der für solche Witze unumgänglich ist, hundertprozentig drauf.

„Ach, Spaß. Komm, wir gehen an die frische Luft", zupft sie den verwirrten und sprachlosen Fabian am Oberarm und zieht ihn aus dem etwas zu stark klimatisierten und zu penibel aufgeräumten Shop ins Freie.

Die beiden trotten schweigend bis zur Mitte des großen Platzes des „Museumsquartiers", wo sie ratlos stehen bleiben und einander ansehen.

„Und, was jetzt?", fragt Fabian unsicher.

„Ich möchte mich irgendwo hinsetzen und ein wenig durchatmen. Aber eher irgendwo mit Grün, hier ist es mir zu betoniert", sagt Lara.

„Gut, dann gehen wir zur Karlskirche. Ein Park und ein Teich – mit ein wenig Wasser und Ruhe geht es dir bestimmt gleich besser."

Lara ignoriert die Tatsache, dass Fabian ihren Scherz nicht verstanden hat, und biegt mit ihm in Richtung des nicht weit entfernten Resselparks ein. Übel ist ihr tatsächlich nicht, aber wohl ist ihr auch nicht. Sie will nach Hause. Dieses Treffen hat sich bereits jetzt überholt – Lara ist verärgert und in einer angriffslustigen Stimmung. Fabian ist verunsichert und deshalb schweigsamer als sonst. Aber weil man, wenn man sich mit jemand etwas ohne bestimmten Endzeitpunkt ausmacht, anstandshalber mindestens eineinhalb Stunden miteinander verbringen muss, laufen sie durch die frühsommerliche Stadt und den Feinstaub der Innenstadt zur gewählten Verlegenheitsdestination.

Die Luft ist so heiß, dass sie Lara beim Einatmen in der Nase brennt. Beim Warten an der Ampel meint Lara förmlich zu spüren, wie sie in der prallen Sonne gerade einen Sonnenbrand bekommt. Am Platz vor der Karlskirche, wo die umliegenden Bäume nur wenig Schatten spenden, angekommen, sucht sie stirnrunzelnd und mit Schwierigkeiten, die Sicht auf etwas zu fokussieren, nach einem Ort zum Rasten. Fabians Handy läutet mit dem inzwischen wieder am häufigsten zu hörenden Klingelton: der Imitation eines analogen Telefonläutens.

„Ah, das ist wichtig, ich geh da schnell mal ran, du kannst dich schon hinsetzen, wenn du magst", sagt Fabian sehr schnell, hebt mit einem selbstbewussten „Hallo?" ab und trabt mit Blick auf seine eigenen Schuhe geschäftig ein paar Schritte davon.

Am gegenüberliegenden Ende des Platzes befindet sich, zur Hälfte im Schatten, eine betonierte Erhöhung, an der zwei Touristinnen lehnen und ihre Stadtkarten ausbreiten. Links daneben die Karlskirche, mit ihren zwei hohen, dünnen Türmen und der großen, prominenten runden Kuppel, halb Kirche, halb Moschee. Die Bänke unter den Bäumen gegenüber der Kirche sind alle besetzt. Am Rand des großen Teiches sitzen weniger junge Leute, als Lara es gewohnt ist, und in der Mitte des Teiches fällt ihr noch etwas anderes Ungewohntes auf: Ein großer, grauer Steinklotz ist dort eingelassen und will so gar nicht zu der in organischen Kurven gewundenen Skulptur im Brunnen passen. Mit der Idee, sich dadurch ein wenig zu erfrischen, zieht Lara ihre Schuhe aus und watet durch den Teich, dessen Tiefe ständig unvorhersehbar variiert. „Ach ja, das ist ja Kunst hier!", denkt sie, tritt besonders behutsam auf, um sich nicht an etwaigen Bierglasscherben zu verletzen, und hält ihre Stofftasche weiter in die Höhe, als es zu deren Schutz wohl notwendig wäre.

Vor dem Klotz geht Lara das Wasser schon bis zu den Oberschenkeln. Ihr Kleid ist nass geworden, doch es stört sie nur wenig – in dieser Hitze ist Trocknen eine Frage von Minuten im einstelligen Bereich. Lara hievt sich auf den grauen Klotz. Er ist gerade so hoch, dass das nicht einfach ist; es braucht schon ein wenig Kraft in den Armen, um sich hochzustemmen. Als Lara versucht, sich seitlich über die Kante der von der Sonne erwärmten Installation zu winden, spürt sie einen plötzlichen, grellen Schmerz auf der Rückseite ihres Unterschenkels. Sie atmet scharf und laut ein und springt sofort wieder vom Betonklotz, an dessen Seitenwand sie sich offenbar verbrannt hat. Und jetzt sieht sie auch, warum: Hier sind überall große kupferne Lettern eingelassen, die in der prallen Sonne glühen. Lara bleibt noch etwas im Wasser stehen, weil es die verbrannten Stellen angenehm kühlt, und fängt an, die Lettern zu lesen. Sie muss dabei mehrmals um den grauen Klotz herumgehen und vergisst sogar ganz auf die Scherben, die im von jungen Wiener_innen oft zum sogenannten Vorglühen besuchten Teich potenziell liegen könnten.

„Es ist gar nicht so einfach, eine Statue zu stürzen. Und noch schwieriger ist es, einen herzeigbaren Statuensturz zu produzieren – deshalb werden im Fernsehen im Vorspann zu Geschichtssendungen oder Menschheits-Best-ofs auch immer dieselben gezeigt, obwohl Denkmalschändung (oder Revolution, je nachdem) an sich auf dieser Welt täglich Brot ist.

Es gibt mehrere Möglichkeiten, eine Statue eines Diktators, Helden oder Befreiers – abhängig davon, welche Bedeutung das aktuelle Wertekoordinatensystem seiner symbolischen Entsprechung zuschreibt – zu zerstören. Eines der Low-Budget-Rezepte ist es, Schnüre oder Ketten an der Statue zu befestigen beziehungsweise diese um sie zu schlingen und die Enden dann an einem oder mehreren Fahrzeugen zu befestigen, die so beim Losfahren die Figur mitzerren und abreißen. Ein Problem bei dieser Technik ist, dass meistens entweder die Schnüre oder die Fahrzeuge dem Druck schlechter standhalten als die Betonmänner. Die Dorfbewohner_innen – meist ist diese Form des Statuenstürzens eher in ländlichen Gegenden verbreitet – denken manchmal vor lauter Revolution auch nicht an die Gesetze der Hebelwirkung und befestigen die Startvorrichtungen entweder zu nahe am Kopf oder zu weit unten am Sockel der Statuen, als dass es zu einer effizienten Stürzwirkung kommen könnte. Bessere Stürz-Tools wären indes kleine und mittelgroße Baukräne, doch daran denkt in solchen Momenten meist niemand, im Krieg wird ja nichts aufgebaut.

Der zweite Weg wäre eine Statuen-Sprengung, die sich aber meist wegen der im Krieg oder in Revolutionszeiten schwer auffindbaren behördlich genehmigten bzw. TÜV-geprüften Spreng-Expert_innen eher schwierig und chaotisch gestaltet. So einen Betonklotz gebührend in die Luft zu sprengen ist nämlich kein Molotowcocktail-Unterfangen. Die intrinsische Architektur der Größe und Standhaftigkeit der Verbrecher oder Helden muss gut studiert sein, um sie dort treffen zu können, wo es wehtut. Bei unsachgemäßer Auswahl, Dosierung oder Montage des Sprengstoffes kann es zu unansehnlichen Semi-Sprengungen kommen, bei denen etwa nur ein Körperteil davonfliegt. Von dem Arm des ehemaligen Gesetzes getroffen werden will natürlich niemand, auch bei einer gelungenen Sprengung laufen die Revolutionär_innen sowie Schaulustigen Gefahr, von Stücken und Splittern verletzt zu werden. Daher müsste zur Statuenstürzung und also Revolution ein Sicherheitsabstand eingehalten werden, der sich weder motivationstechnisch noch medial positiv auswirkt – ganz zu schweigen von den Komplikationen für Kamera und Live-Übertragung. Nicht zu vergessen ist auch, dass echte Sprengungen viel mehr grau verstaubt als lodernd feurig aussehen; CGI-Budgets von Revolutionen waren jedenfalls vor 2000 quasi nichtexistent und sind auch heute noch stark begrenzt.

Am besten funktioniert ein Statuensturz während der Präsenz erfahrener, ausländischer Militärs, die routiniert sind im Stürzen von Staatsoberhäuptern und professionell geschult, was die Schwachstellen der (in Stein gemeißelten) Erinnerungskultur angeht. Auch wissen sie meist um die Wichtigkeit, geschichtsträchtige Momente ansehnlich festzuhalten, und stellen daher die beste Regie und Einsatzleitung für etwaige Stürze dar. Nicht zuletzt ist ihr Equipment meist besser für solche Vorhaben geeignet, vorausschauend rollen sie zu potenziellen Revolutionsherden mit starken Panzern, teuren Kameras und guten Satellitenverbindungen an.

Was bei Stürzen oft vergessen wird und die meisten daher medial und historisch gesehen unbrauchbar macht, ist, was danach kommt. Nicht nur ist es schwierig, eine mächtige Statue elegant und massenwirksam zum Fallen zu bringen, nein, auch die After-Show(-Party) muss ein gutes Programm haben. Hierbei muss man bedenken, dass viele Statuen gar nicht ikonisch zu Fall oder Bruch gehen, sondern manche Stürze viele Minuten und auch Stunden dauern können, weil etwa nicht an die Stahlstreben, die das Standbein mit dem Fundament verbinden, gedacht wurde. So bleiben manche Diktatoren und Helden bzw. Helden, die zu Diktatoren geworden sind oder umgekehrt, noch lange Zeit schief – oder manchmal sogar horizontal – von ihrem Sockel hängend zurück und bröckeln Stück für Stück davon. In solchen Fällen kann die Begeisterung der Stürzer_innen im Laufe der Zeit abflauen und die Dramaturgie des Sturzes antiklimaktisch und letztlich unbrauchbar werden. Der Optimalfall – ein Sturz, bei dem die Statue relativ weit unten nahe des Sockels abbricht, als ein Ganzes zu Boden geht und dann beim Aufschlag in tausende Teile zerbricht, woraufhin alle aufs Stichwort jubeln können – ist äußerst selten. Und weil jeder Sturz einer Statue also ein behutsam orchestriertes Kunstwerk ist, hat sich die Künstlerin Ivana Mikulić dazu entschieden, auf diesem Sockel eine Video-Installation mit dem für sie am besten gelungenen Statuensturz der Geschichte zu zeigen."

Schon bei der Hälfte des Textes wird Lara schwindlig und sie fängt an, sich darüber zu ärgern, dass sie trotz allem immer alles fertiglesen muss, was sie einmal zu lesen begonnen hat – im Museum geht es ihr mit den

Erklärungstexten, die sie meistens nicht einmal wirklich zu verstehen versucht, auch so. In der Mitte des Sockels steht ein vergleichbar kleiner schwarzer Würfel, den sie zuvor nicht beachtet hat. Lara muss wieder auf den Klotz klettern, sich fast hinlegen und eine Hand gegen die Sonnenstrahlen schützend über die Würfeloberfläche halten, bevor sie erkennen kann, welcher Film auf der spiegelnden Oberfläche läuft. Es ist der Bagdader Sturz der Saddam-Hussein-Statue 2003, nur ein paar Sekunden, die immer wieder wiederholt werden: vier Sekunden vorwärts, stürzend, vier Sekunden rückwärts, aufrichtend. Eine endlose Diktatorenschlagbaumschleife, ein Heldenzugbrückentanz.

Als Fabian von seinem Telefonat zurückkommt, liegt Lara schon länger auf dem Betonklotz auf dem Rücken und denkt über die Muster nach, die das durch ihre geschlossenen Lider kommende Sonnenlicht rot und grellweiß in ihren Kopf brennt.

„Äh, hey! Lara!“, ruft Fabian vom Rande des Teiches, vom Ufer her, „Lara ich muss los! Es ist was Dringendes. Sorry. Es tut mir echt leid!“

„Hm?“ Lara richtet sich, von der Wärme der Sonne sehr träge geworden, nur langsam auf.

„Meine Hundesitterin hat mich gerade angerufen. Sie muss weg. Und der Hund ist ja neu, und ich kann sie nicht so lange allein lassen.“ Fabian spricht nun leiser, hüpft Lara am Ufer entlang entgegen.

„Äh, okay!“ Jetzt, wo Lara versteht, was das für sie bedeutet, ist sie erleichtert und zugleich etwas skeptisch. Hatte Fabian irgendetwas bemerkt? Lügt er?

„Tut mir wirklich leid. Wir holen das nach, ja?“

„Ja, na klar, kein Problem! Ich bleibe hier liegen und sonne mich ein wenig.“

„Okay, baba!“

Schon läuft Fabian davon. Es ist diese Art von Laufen, die zwischen ernsthaftem Laufen und Gehen liegt, eine Art unschlüssig-betretenes Joggen. Die Menschen scheinen zu glauben, dass dieses beschämte Traben in der Öffentlichkeit weniger peinlich aussieht als ein konsequentes Lossprinten, denkt Lara. Aus dieser Position sieht sie den Eingang des Wien Museums, das sich direkt neben der Karlskirche befindet. „Wien Museum – Neues aus der Vergangenheit“ prangt auf dem Einladungsposter an der Front. Gezeigt werden gerade eine Ausstellung über die Weltausstellung 1873 und eine Revue der Ausstellungskonzepte des Wien Museums seit seinem Bestehen. Nächstes Mal würde sie ins Wien Museum gehen, und zwar alleine.

From: einreichung@gemmaliteratuer.at
To: lara.voljic@gmail.com
Subject: gemma literatuer Bewerbungen
Date: Di, 5. Jul 19:15:03

Liebe Bewerberin, lieber Bewerber,
danke für deine Bewerbung bei gemma literatür. Leider müssen wir dir mitteilen, dass dein Projekt nicht ausgewählt wurde. Die Entscheidung war für die Jury nicht

einfach, da es so viele gute Projekte gab und nur wenige in die zweite Runde aufgenommen werden konnten.

Trotzdem empfehlen wir, dass du dich bei der nächsten Ausgabe von gemma literatür bewirbst. Informationen dazu kannst du unserer Homepage http://www.literatuer.at/ oder unserer Facebook Seite https://www.facebook.com/gemmaliteratuer entnehmen.

Falls es Fragen gibt in Bezug auf die Auswahl, stehen wir ab 5. Juli per Mail zur Verfügung.

Liebe Grüße und alles Gute,

gemma literatür

PS: Die Auswahl wurde in der letzten Juni-Woche getroffen, leider war es uns aus technischen Problemen mit dem E-Mail-Provider nicht möglich, dir früher Bescheid zu geben. Dafür möchten wir uns entschuldigen und danken für deine Geduld.

From: lara.voljic@gmail.com
To: einreichung@gemmaliteratuer.at
Subject: Einreichung gemma literatür
Date: Fr, 5. Mai 08:05:56

Sehr geehrte Damen und Herren!

Angehängt an diese Mail finden Sie meinen Lebenslauf und ein Exposé zu meinem Drehbuch „I Am From

Austria“ (Arbeitstitel), das ich bei Ihnen für eine Förderung einreichen möchte.

Meine künstlerische Laufbahn bisher umfasst unter anderem ein Theaterstück, das ich in Wien für das Theater Drachengasse geschrieben und dort auch inszeniert und aufgeführt habe: „Fremdsein für Dummies“.

Weiters veröffentliche ich bei den Wiener Bezirkszeitungen neben journalistischen Texten auch Glossen und autobiografische Erzählungen. Eine Linksammlung zu online veröffentlichten Texten finden Sie ebenfalls im Anhang. Außerdem betreibe ich einen Beauty-Blog, wo ich regelmäßig über verschiedene Aspekte der Mode-, Hygiene- und Schönheitsindustrie schreibe:
beautywithaknife.tumblr.com

Mit herzlichen Grüßen, Lara Voljić

I Am From Austria (Arbeitstitel)
Drehbuch-Exposé
Lara Voljić

Über ihr „Heimatland“ sollen die Kinder der Volksschule, die Mona besucht, bald ein großes Referat halten. Schließlich sei bald Tag der offenen Tür und die Schule will ihre Vielfalt und ihre „Integrationsleistung“ stolz präsentieren. Interkultureller Dialog, sagt die Lehrerin, ist das Um und

Auf in einer multiethnischen Gesellschaft, und sie ist bestrebt, in ihrem Klassenraum dafür zu sorgen.

Deshalb steht auch dieses seltsame kleine Plastikfähnchen auf Monas Schultisch – eine rote Fahne mit einem schwarzen, zerrupften Vogel darauf, der Mona irgendwie Angst macht. Das ist also das Zeichen für das Land, aus dem ihre Eltern kommen: der Kosovo. Mona war selbst noch nie im Kosovo, sie ist in Österreich geboren. Das Einzige, das sie über den Kosovo („Sagt man überhaupt ‚der' Kosovo?", fragt Mona sich ...) weiß, kommt aus den Geschichten, die Monas Eltern nach sehr langen Arbeitstagen abends manchmal mit Freunden und Bekannten austauschen, wenn diese zu Besuch sind und das kleine Wohnzimmer vollqualmen. Aber Mona versteht von diesen Geschichten nicht einmal alle Wörter.

Viel besser gefallen ihr ohnehin die Erzählungen ihrer großen Schwester, die sich auch noch an kosovarische Zeiten erinnert, als Mona noch nicht auf der Welt war. Doch die große Schwester hat ihre eigenen Probleme. Monas Eltern mögen nämlich nicht, dass die große Schwester ständig feiern geht, raucht und sich mit Burschen trifft, anstatt sich endlich wieder eine ordentliche Lehrstelle zu suchen. „Herumhuren" nennt Monas Mutter das manchmal in dem regelmäßigen Streitgeschrei, das Mona mit anhören muss. Weil die Wohnung der Familie sehr klein ist, ist der Schwesternschlafplatz das Sofa, und weil sie auf dem Sofa schlafen muss, schläft diese umso weniger gern zu Hause. Daher ist Mona mit ihrem Schulprojekt wohl auf sich alleine gestellt – die immer müden, besorgten und überanstrengten Augenringgesichter ihrer Eltern traut sie sich nicht mit Schulfragen zu belasten.

Wir folgen Mona bei ihrer Reise durch das verfügbare Medienspektrum auf der Suche nach Hinweisen und Material für ihr Referat: *Heute* und *Krone* zerrissen auf dem UBahn-Sitz auf dem Weg zur Schule, *ORF*, *Okto* und *Pro7* als Ablenkungen von der Hausübung. Hier ein Bild eines bekannten Schnulzensängers, für das ihre Schwester sie aufzieht, da eine Illustration eines klassischen Trachtenkleides, für das sie ihr Vater rügt: Wofür brauche sie denn bitte so etwas?! Am Ende liefert Mona keine folkloristischexotisierende Darstellung des Kosovo, sondern zum Erstaunen aller die wohl beste, humorvollste und unbeabsichtigt kritischste Bearbeitung des Fendrich-Klassikers „I am from Austria" aller Zeiten – begleitet von den besten Symbolen Österreichs, die sie finden konnte – vor der gesammelten LehrerInnen, SchülerInnen- und Elternschaft.

Ein Wien-Film aus dem 21. Jahrhundert, der sich in die Tradition der Stadt-Filmografie stellen möchte, diese aber gleichzeitig öffnen und sprengen will. Wir sehen Wien, Migration, Herkunft und Identität mit den jungen, klaren Augen eines Mädchens: noch unpolitisiert, aber dafür vielleicht umso politischer.

Etwa wenn ihre große Schwester aus schlechtem Gewissen, weil sie nie für ihre kleine Schwester da ist, Mona einmal in den Prater mitnimmt, erfahren wir das moderne Wien und Österreich in allen seinen Facetten: Anachronismus und K.-u.-k.-Kitsch gegen Praterdome und Pratersauna. Der Praterstrich, auf dem die Schwester laut Mutter landen wird, wenn sie so weitermacht. Der Vergnügungspark als Kulisse für eine fragile Kindheit, eine instabile und impulsive Beziehung zwischen zwei jungen Frauen, die sich im Bermudadreieck zwischen Heimat, fremder Heimat und Identitätssuche verlieren.

„I Am From Austria“ soll jenen eine Stimme geben, die in den (Mainstream-)Medien schändlich vernachlässigt werden: jungen migrantischen Mädchen. Ihre Stimme, Monas Stimme, kann durch ihre Unmittelbarkeit und jugendliche Schärfe die Begriffe Heimat, Herkunft und Identität sezieren, wie Mona mit ihrer Bastelschere die blauäugigen Role Models aus den Zeitschriften.

Weil ich eine einjährige politische Schulung besucht hatte, konnte ich mich am Institut für Politikwissenschaft in Sarajevo inskribieren, ohne eine Aufnahmeprüfung ablegen zu müssen. Das Zentralkomitee in Banja Luka konnte keinen passenden Nachfolger für meinen Posten im Bezirkskomitee finden und daher stellte es den Antrag, dass meine Ausbildung um ein Jahr verschoben wurde. Sie schlugen mir vor, anstelle eines vollwertigen Studiums eine Ausbildung an einer wirtschaftlichen Hochschule zu machen, wo ich allerdings eine Aufnahmeprüfung ablegen musste, die ungefähr ein Jahr an Vorbereitung bedeutete. In dieser Zeit würden sie einen Nachfolger für mich finden. Um als ordentlicher Student an die Universität zu gehen, musste ich auch weiterhin ein regelmäßiges Gehalt vorweisen und versichert sein; und damit mein Studium zu meinen Arbeitsjahren hinzugezählt wurde, brauchte ich die vollste Zustimmung der Vakufer Gemeinde, des Zentralkomitees in Banja Luka und der Kaderkommission des Zentralkomitees Bosniens und Herzegowinas. Diese Zustimmung bekam ich lediglich für das Studium an der Hochschule für Wirtschaft. Trotzdem war ich eifrig und hartnäckig und bereitete mich sehr ernst auf die Aufnahmeprüfung vor. Schon nach fünf Monaten Vorbereitung bestand ich die Prüfung und wurde als ordentlicher Student an der Wirtschaftlichen Hochschule aufgenommen.

Mein Studium nahm ich sehr ernst, besonders wegen der vielen bürokratischen Hürden und Mühen, die es mich gekostet hatte, es anfangen zu dürfen. Schon im Juni des folgenden Jahres hatte ich alle Einstiegs-Prüfungen bestanden und war einer von nur zehn Studierenden, denen das gelang. Nach drei Jahren hatte ich alle notwendigen Prüfungen bestanden und meine Diplomarbeit abgegeben, sodass ich in Regelstudienzeit abschloss.

„Hallo! Ich hab dich da gar nicht gesehen!"

„Ah, hallo! Ja, ich hab mich im Schatten ein bisschen vor der Sonne versteckt."

„Schön, dass du wieder da bist!"

„Ja, ich freu mich auch voll! Schön, dich endlich wiederzusehen. Ein bisschen ungewohnt noch, wieder zu Hause zu sein."

„Und auch ein bisschen wärmer als in Schweden."

„Definitiv."

„Gehen wir rein."

„Wo magst du sitzen? Eher hinten im Eck?"

„Passt."

„So. Hach. Erzähl, erzähl! Wie war's?"

„Puh, ich weiß gar nicht, wo ich anfangen soll."

„Wie waren die letzten Tage?"

„Ich weiß nicht, ein bisschen drunter und drüber."

„Mit Peter alles okay?"

„Ich glaub schon. Warte. Bestellen wir erst, ich bin am Verdursten. Winkst du dem Kellner?"

„Guten Tag."

„Guten Tag."

„Hallo."

„Wissen Sie schon, was Sie möchten?"

„Ja, ich hätte gerne ein großes Soda-Zitrone und die gebratenen Nudeln mit Hühnerfleisch."

„Für mich bitte einen großen Apfelsaft gespritzt und die Bento-Box Nummer vier."

„Dankeschön!"

„Danke."

„Danke!"

„Entschuldige, bin ich mit der Tür ins Haus gefallen? Du hast nur vor ein paar Wochen schon einmal erwähnt, dass Peter irgendwie komisch war."

„Nein, nein, passt schon. Ich weiß nur nicht ... Es ist kompliziert. Vielleicht."

„Okay."

„Also, ich tu mir gerade total schwer, überhaupt anzukommen. Und plötzlich bin ich so den ganzen Tag lang wieder in einer Beziehung. Twenty-four seven."

„Mhm."

„Ich weiß nicht, ich bin das nicht mehr gewohnt."

„Nervt er dich?"

„Er nervt mich nicht, nein ... Nein, es ist mehr ... Ich freu mich, dass wir uns endlich wiedersehen und es ist echt schön mit ihm, aber dann hätte ich gerne, dass er wieder geht. Irgendwann."

„Versteh ich total."

„Ist grad nicht so leicht, ihm zu sagen, dass er gehen soll."

„Wieso? War was?"

„Hm. Er hat mir erzählt, dass da was mit einer anderen Frau war."

„Echt?! Peter?! Kann ich mir gar nicht vorstellen, dass er so was machen würde."

„Eh nix Großes. Er hat gemeint, sie haben nur nebeneinander geschlafen und gekuschelt."

„Glaubst du ihm das?"

„Ich weiß es nicht. Ich kann mir vorstellen, dass da noch mehr gewesen ist. Ich weiß nur nicht, ob mir irgendwas daran überhaupt was ausmacht. Am ehesten eigentlich noch, dass er mir nicht die ganze Wahrheit sagt. Falls er mir nicht die ganze Wahrheit sagt."

„Das Soda-Zitrone war für ...?"

„Mich, danke."

„Mir gehört der Apfelsaft, danke."

„Bitte sehr."

„Echt? Wenn er mit ihr geschlafen hätte, wär dir das egal?"

„Na ja, das scheint so eine einmalige Sache gewesen zu sein, als er in Frankfurt war."

„Was macht Peter in Frankfurt?"

„Na, weißt eh, hab ich dir ja erzählt, er war auf dieser Konferenz."

„Ah, ja! Stimmt, entschuldige. Für Film-Studis so ein Treffen war das, vor ein paar Wochen, oder?"

„Ja, genau. Und so, wie er darüber redet, über die ganze Veranstaltung, mein ich, er ist total aufgekratzt deswegen. Ich hab das Gefühl, dass er sich dort ein bisschen selbst neu erfunden hat. Da war er jetzt einmal der Coole und Begehrenswerte. In Wien ist er immer nur der Nerd und der Außenseiter, der halt mitkommt, wenn andere wo hingehen. Wenn er nicht mein Anhang ist, dann ist er der von Oliver. Und irgendwie ... ich mein, das ist doch irgendwie scheiße, oder?"

„Was genau meinst du?"

„Na ja, also natürlich haben wir ihn alle immer so wahrgenommen, ich ja auch, und wahrscheinlich geglaubt, dass er halt so ist und dass ihm das schon so passt. Aber wenn ich jetzt sehe, wie gut es ihm gefällt, wenn alles mal anders ist, dann frag ich mich halt schon auch, ob ich ihn da ein wenig zurückhalte."

„Wieso meinst du, dass du ihn zurückhältst? Das ist doch Blödsinn."

„Meinst du?"

„Ja, sicher!"

„Hm."

„..."

„Vielleicht macht man das aber, unbewusst."

„Hm. Na ja, okay, vielleicht, aber er ist ja immerhin ein erwachsener Mensch."

„Hm ... Stimmt schon ..."

„..."

„Aber jetzt ist halt alles gerade ein wenig ... ich weiß nicht ... dünn gerieben. Und er ist auch leicht gekränkt von Sachen, kennst ihn eh. Da kann ich derzeit schwer sagen, danke, genug für heute, melde dich in drei Tagen wieder, ich brauch Zeit für mich."

„Na ja, okay, versteh schon ..."

„Vielleicht hab ich ein schlechtes Gewissen."

„Wegen dem Typen in Uppsala? War da was?"

„Nein, nein! Aber er hat sich halt um mich bemüht und war immer total aufmerksam und so. Und ich hab ihn jetzt nicht sonderlich entmutigt."

„Aber er hat ja von Peter gewusst."

„Ja, schon, klar ... Trotzdem."

„Und deshalb machst du dir einen Kopf? Geh bitte. Du traust Typen irgendwie nicht viel zu. Die wissen ja wohl selber, was sie tun."

„Hm. Na eh, du hast ja recht ... Ach, mich nervt das Ganze! Reden wir über was anderes. Bei dir muss es ja irgendwas Neues geben. Das gibt's ja nicht, dass sich in einem Jahr nichts tut bei dir. Du hast mir nur noch nichts erzählt. Gib's zu!"

„Na ja, schon, es war wirklich nicht viel los. In der Arbeit das Übliche, beim Studium das Übliche."

„Kein neuer Typ?"

„Nein."

„Keine neue Typin?"

„Nein, auch nicht."

„Wer bekommt die gebratenen Nudeln?“

„Ich, bitte.“

„Bitte sehr. Und für Sie die Bento-Box.“

„Danke.“

„Du lügst doch.“

„Haha! Nein, nicht so wirklich, niemand Wichtiges halt.“

„Also doch wer!“

„Kannst du dich an Damir erinnern?“

„Damir, ... Damir, ... Klingelt nicht. Studienkollege?“

„Arbeitskollege, der eine Blonde, der so ein Jugo-Lokal hat ...?“

„Ach! Der Fesche, der damals beim Geburtstag von Olivers Freundin auch kurz war?“

„Ja, der. Also eigentlich war nix, also, zumindest haben wir jetzt keinen Sex gehabt miteinander oder so. Aber fast.“

„Und dann?“

„Dann nix.“

„...“

„Die Geschichte war scheiße, meine Liebe. Dafür krieg ich zur Strafe noch eine.“

„Ha! Na gut ... Hm.“

„...“

„Hm ... Ich hab letztens mit Reem rumgemacht ...“

„Mit deiner Mitbewohnerin?!“

„Na, wie viele Reems kennst du?“

„Drei. Aber eine davon ist eine Band und spricht sich R.E.M. ... Deine Mitbewohnerin also, na eh, mal was schön Kompliziertes, warum nicht?“

„Es läuft aber nix. Uns war nur langweilig."

„..."

„Auch nicht gut, die Geschichte?"

„Das machst du absichtlich."

„Nein, ich schwöre! Es gibt einfach grad nix zu berichten."

„Schreib bloß niemals eine Autobiografie ... Ah, fast vergessen, ich hab was für dich. Also, weil ich mit dieser Schweden-Sache deinen Geburtstag und alles verpasst habe, habe ich nachträglich eine Kleinigkeit ..."

„Oh! Das wäre doch nicht nötig gewesen! Ich hab ja auch alles verpasst und hab nichts für dich."

„Ist doch egal. Ich hoffe, es gefällt dir! Ich habe so an uns denken müssen, als ich reingelesen hab!"

„Ich pack es nicht! ... Ich habe exakt dasselbe Buch gerade in meiner Tasche, schau!"

„Oh. Oh, nein. Sorry, dann ..."

„Nein, nein, nicht entschuldigen, ich finde das großartig! Dass du von allen Büchern in der Buchhandlung das aussuchst, das ich gerade lese, das ist doch wunderbar!"

„Na ja, wenn du meinst ..."

„Und wie ich meine. Ich finde das ... echt ... schön ... Moment, ich muss kurz auf mein Handy schauen."

2 Anrufe in Abwesenheit (Gabriele Podlehnik)

14:31 Hej, was machst du heute so? ;) lg michi

„So, sorry, war nur etwas wegen der Arbeit."

„Kein Problem!"

„Ach, ich wollte doch Frühlingsrollen. Vor lauter Tratschen ...“

„Kannst ja noch welche bestellen. Zum Dessert halt.“

„Und, was machst du noch diesen Sommer?“

„Arbeiten, größtenteils, schätze ich.“

„Fährst du nirgendwo hin?“

„Ich weiß es nicht.“

„Weißt du noch, früher, als du viel reiselustiger warst? Du hast immer gesagt, du möchtest wie Farin Urlaub werden und die Welt bereisen.“

„Ja ... Ich weiß nicht, ob ich damals wirklich so war oder ob ich mir das eingeredet habe, so zu sein. Eigentlich ist Reisen unheimlich anstrengend und umständlich.“

„Finde ich nicht so schlimm.“

„Wie geht's deiner Familie?“

„Also, die Birgit versucht immer noch, schwanger zu werden. Ich glaub, sie will ein Ehe-Reparatur-Baby.“

„Ich dachte, sie wollte sich scheiden lassen?“

„Na ja, er hat sie überredet, ihm noch eine Chance zu geben. Und sie würde sich das auch nie verzeihen, bei irgendetwas in ihrem Leben gescheitert zu sein. So sieht sie das mit der Ehe: Wenn es nicht klappt, dann war sie im Ehe-Führen nicht gut genug, hat sich nicht genug angestrengt und so weiter.“

„Und die Vicky?“

„Der geht's eigentlich mittlerweile ziemlich gut. Ihr Verlobter ist halt ein Vollkoffer, aber irgendwie scheint ihr das echt gutzutun, ständig jemanden um sich zu haben.“

„Und bei deiner Familie?“

„…“

„…“

„Mein Onkel ist ermordet worden.“

„Was?! Welcher?!“

„Na, der, der schon immer tot war.“

„Ach so, puh! Ich dachte, einer, der noch lebt.“

„Nein, damals im Krieg.“

„Hm.“

„Mhm.“

„Aber ich dachte, der ist einfach im Krieg gestorben.“

„Nein, da gibt es einen Unterschied.“

„Und wer war's und warum?“

„Das weiß man nicht so genau.“

„Okay …? … Kannst du denn niemand fragen?“

„Das ist nicht so einfach, alles.“

„Scheiße.“

„Ja, schon irgendwie.“

„Wie sind deine Nudeln?“

„Ja, sehr gut, wie immer.“

„Meins ist auch super. Habe unser Restaurant echt schon vermisst.“

„Ich glaube, ich werde doch runterfahren.“

„Du meinst runter nach Kroatien oder Bosnien?“

„Ja.“

„Oh, cool! Ich habe gehört, Sarajevo soll voll interessant sein.“

„Sidbanoff"-Suchen

Ardita Ajeti spürt in ihrem Debütfilm einem verlorenen Ort nach – dem Wiener Südbahnhof.

Mit seiner Eröffnung 2014 hat Wien zum ersten Mal in seiner Geschichte einen Hauptbahnhof erhalten. In den Jahren davor wurde der alte Südbahnhof abgerissen und das umliegende Gelände komplett umgestaltet, um einem modernen Durchgangs- und Abzweigbahnhof Platz zu machen. Der alte war 1956 in einem für die Zeit charakteristischen Stil gebaut worden und hatte auch als Busbahnhof fungiert. In den 1990ern war der Südbahnhof einer der Haupt-Treffpunkte der Balkan-Community, wie man sie damals jedoch sicher noch nicht nannte. Er war, wie die albanisch-österreichische Filmemacherin Ardita Ajeti in ihrem Debüt darstellt, gleichzeitig Verkehrsknoten wie finanzieller, kultureller und gesellschaftlicher Umschlagplatz. Hier kamen in den 1950ern die ersten GastarbeiterInnen in berstend vollen Zügen an, hierher brachten in den 1990ern Busse die Menschen aus dem Jugoslawienkrieg nach Österreich. In der Zeit vor dem Internet und flächendeckender Mobiltelefonie war der liebevoll „Sidbanoff" genannte Ort Jobbörse, Wohnungsanzeiger, Bank und Beratungszentrum. Wer in Wien etwas brauchte, ging einfach zum Bahnhof.

Diese und andere historische Begebenheiten zeichnet Ajeti durch Gespräche mit GastarbeiterInnen sowie

Flüchtlingen aus der Türkei und aus Ex-Jugoslawien nach. In von der Bildkomposition her an Ulrich Seils Filme erinnernden, eindrucksvollen Interviews, die Ajeti bei den Interviewten zu Hause oder an umliegenden Orten gefilmt hat, lässt sie sich, den ZeitzeugInnen sowie dem Publikum viel Zeit, das Gesagte zu verdauen. Kommentarlos zeigt sie Details des nun komplett umgebauten Grätzels, die in starkem Kontrast zu den Aufnahmen aus den Heimen der MigrantInnen stehen. Zu Wort kommen auch Geschäftsleute und Beiselgehende des alten Viertels, die die in einer Wien-Doku niemals fehlenden Anekdoten und Geschichterln des interkulturellen Beisammenseins beisteuern können.

Die Reisenden erzählen vom Busfahren als für (Süd-) OsteuropäerInnen unumgänglichem Fixpunkt. Aus dem von Ajeti kunstfertig eingesetzten Archivmaterial gewinnt man einen nahezu spürbaren Eindruck der Situation: Busse, die sehr nahe an der linken Wand des Südbahnhofs parken und so einen engen Gang erschaffen, in dem es durch die laufenden Motoren der Busse heiß und stickig war. Hier wurden Pakete, Taschen und auch Geld verschickt, hier gab es tragische Wiedersehen und Abschiede, hier brummte es inmitten der Motoren vor Schicksalsträchtigkeit.

Über die langen, beschwerlichen Busfahrten wird im Film von der bosnisch-kroatischen Gastarbeiterin Ivanka erzählt: So waren die Busse oft überfüllt, mitunter mussten Menschen sogar eine Zeit lang stehen. Das Rauchen war noch erlaubt, weshalb Busse oft eher durch die Landschaft fahrenden Aschenbechern glichen. Die „balkanesische Klimaanlage“, wie Ivanka das Öffnen der

Türen während der Fahrt nennt, erlebte ihre Blütezeit während dieser Reisen durch die sengende Hitze Südosteuropas. Von Ivanka stammt auch die wahrscheinlich eindrucksvollste Zusammenfassung migrantischen Daseins in Österreich in dem Film, als sie beschreibt, wie in den uns allen noch wohlbekannten großen karierten Plastiktaschen aus billigem, dünnem, aber erstaunlich grobem Material „nicht selten ganze Leben transportiert wurden".

Was Ajeti mit ihrer Doku unterstreicht, ist, dass dieser Ort und gleichzeitig diese spontane Art der Vernetzung mit dem neuen Hauptbahnhof und dem Aufkommen neuer Technologien verschwunden sind. Wie die Gegenüberstellung der alten und neuen Aufnahmen zeigt, ist Bahnhofsarchitektur heute keine Aufenthaltsarchitektur mehr, sie ist metallisch, sie ist zugig-gläsern, preisgebend und kalt. Es wurde mit der radikalen Umgestaltung nicht nur ein Stadtteil plattgemacht, sondern auch ein Teil sichtbarer österreichischer Geschichte ausgelöscht. Der Film „ortlos" fühlt dem Phänomen eines „Bahnhofs der Menschen" nach und schenkt ihm einen Nachruf. Er ist – trotz mancher abgegriffener Erzähl-Momente – eine wichtige Hommage jenseits von kitschiger Nostalgie. (daStandard.at, Irina Ismailov)

„ortlos", 92 Min.
Regie: Ardita Ajeti
ab Donnerstag im Top Kino, Schikaneder und Stadtkino Wien

Einige Wege und Schmalspurbahnen mit niedriger Kapazität wurden von der österreichisch-ungarischen Monarchie ausgebaut, damit diese unser Holz und Erz abtransportieren konnte. Es gab keine Brücken, man watete durch die Flüsse oder nahm einen Umweg. Die erste Eisenbahnstrecke zwischen Bugojno und Gornji Vakuf wurde 1938 gebaut, aber auf dieser Strecke durften keine Personen oder Verkaufsgüter transportiert werden, nur Holz. Es gab keine LKWs und keine luxuriösen Automobile, von Bussen gar nicht zu sprechen. Davon hat niemand auch nur eine Vorstellung gehabt! In den Dreißigerjahren kam noch sehr selten ein Fahrzeug vorbei, manchmal einen Monat lang kein einziges. Aber wenn dies passierte und ein Auto, ein Motorrad oder ein Lastwagen vorbeifuhr, dann liefen alle Kinder auf die Straße, um dieses Wunder aus der Nähe betrachten zu können. Besonders interessiert waren wir an den Motorrädern. Die Straße war noch ein „makadam", also ein mit grobem Kies ausgestreuter Weg, auch die Motorräder waren ganz anders als heute. Sie fuhren langsam, und so hatten wir genug Zeit, um beim sich nähernden Geräusch aus den Häusern zu strömen. Fahrrad zu fahren lernte ich erst nach meiner Militärzeit 1951, weil das ein Luxus war, den sich nur wenige Leute gönnen konnten. Ich kenne überhaupt niemanden, der vor 1941 ein Fahrrad besaß.

1953 kaufte ich mir ein Moped, mit dem ich immer in die Arbeit fuhr. Das war (auch für mich) eine richtige Attraktion. Ein Lastwagenführerschein war eine große Sache, auf dem Arbeitsmarkt eine herausragende Qualifikation, die nur Einzelne hatten. Der Prozess der technischen und technologischen Entwicklung vollzog sich nur langsam und langsamer noch die Akzeptanz durch die Bevölkerung.

Als Julia am neuen Wiener Hauptbahnhof ankam, um ihre Mitfahrgelegenheit nach Graz zu nehmen, fand sie sich nicht sofort zurecht und brauchte einige Minuten, um zum verabredeten Punkt, einem Parkplatz am ruhigeren Ende des Bahnhofes, zu finden. In der Anzeige auf einer Mitfahrgelegenheiten-Plattform hatte Julia wie immer ihre bunten Haare als Erkennungsmerkmal angeführt, weshalb sie sich keine große Mühe machte, ihre Fahrerin zu finden – sie wartete einfach darauf, dass jemand sie ansprach. Schon bald kam ihr eine junge Frau, die etwas größer als sie und schlicht, aber modern in beige und grau gekleidet war, entgegen.

„Hallo, du bist sicher die Julia? Lara", stellte sich die Frau, die Julia in ihrem Alter schätzte, vor.

„Hallo, ja, genau. Ich bin kaum zu übersehen oder zu verwechseln", scherzte Julia. Diesen Satz sagte sie fast immer, wenn sie sich mit jemand Neues traf.

„Gut, dann fahren wir gleich los. Hast du alles?", sagte Lara, die eine angenehme, tiefe Stimme und einen nicht zu starken, aber sympathischen Wiener Akzent hatte. Die Erfurterin Julia nickte nur und begleitete die mit den Schlüsseln klimpernde Lara zu einem schwarzen kleinen Auto. Lara sperrte wortlos auf und Julia setzte sich vorne hin, weil ihr, wenn sie auf der Rückbank saß, immer schlecht wurde. Der Nachteil dabei, bei online organisierten Mitfahrgelegenheiten vorne zu sitzen, war, dass die Fahrer_innen automatisch davon ausgingen, dass man plaudern oder irgendwie interagieren wollte. Julia war schon oft über die Mitfahr-Plattform zu verschiedensten Reisen angetreten und hatte sich nach einigen schlechten Erfahrungen mit rassistischen oder sexistischen Fahrer_innen geschworen, sich nicht mehr in irgendwelche Gespräche verwickeln zu lassen. Deshalb setzte sie, nachdem das Organisatorische zu Absetzpunkt und Bezahlung geklärt war, sofort ihre großen und deshalb unübersehbaren Kopfhörer auf und fing an, Musik zu hören – Tocotronic war es heute.

Die Fahrt ging sehr angenehm dahin. Lara schaltete sehr vorsichtig und bremste nie stark oder abrupt. Das gefiel Julia sehr gut, denn sie hatte große Angst vor dem Autofahren, und ganz besonders vor dem Autofahren auf der Autobahn. Autofahren war statistisch gesehen eine der gefährlichsten Aktivitäten im Leben, das wusste Julia, und die Tatsache, dass auf der Autobahn durch jede kleinste Bewegung oder Abweichung ein Unfall passieren konnte, dass also in jeder Sekunde und auf jedem Meter potenziell der Tod lauerte, machte sie nervös. Leider war sporadisches Autofahren, besonders bei den Zug- und Buspreisen in Mitteleuropa, manchmal unausweichlich, und beim Gedanken daran, wie schnell ein Auto sich auf der Autobahn eigentlich bewegte und welche Kräfte wirkten, wurde ihr schlecht. Sie merkte, wie ihre Hände schon vor der Auffahrt auf die Autobahn warm und schweißnass wurden. Kurz überlegte sie, doch mit Lara ein Gespräch anzufangen, um sich abzulenken, holte stattdessen aber ihr Handy heraus, tippte

„#refugeeswelcome“ in die Suche der Twitter-App und las sich die Neuigkeiten zur Flüchtlingssituation auf der Welt durch. Allerdings konnte sie sich auf keinen Eintrag oder Text so richtig konzentrieren, eigentlich fuhr ihr Daumen nur automatisch auf dem Display herum, ohne dass die Augen den Buchstaben folgten.

Nach Graz wollte Julia wegen eines sogenannten Barcamps, einer Art Konferenz, bei der über die Inhalte und einzelnen Vorträge von den Teilnehmenden abgestimmt wurde. Die Idee der Barcamps kam aus dem Bereich der Netzpolitik, in dem Julia als technikaffine Frau auch aktivistisch tätig war. Sie würde beim Grazer Barcamp vorschlagen, einen Vortrag über die Geschichte von Frauen zu halten, deren Erfindungen von Männern geklaut oder diesen im Nachhinein zugewiesen wurden.

„Können wir kurz anhalten? Ich muss aufs Klo“, brach es schon vor Wiener Neustadt aus Julia heraus.

„Ja, natürlich, ich muss sowieso tanken“, meinte Lara und fügte besorgt hinzu: „Stimmt irgendetwas nicht?“

„Nein, nein, alles in Ordnung!“

Bei der nächsten Raststätte bremste Lara behutsam zwischen den Zapfsäulen ab und Julia stieg aus. Sie fand das Klo bei einem Seiteneingang des Tankstellenshops und war erleichtert, dass die Benutzung gratis war, denn sie wusste nicht, ob sie überhaupt Kleingeld bei sich hatte. Das Frauen-WC hatte jeweils drei einander gegenüberstehende Ställe, die alle überraschenderweise komplett frei waren. Es stank nach Ammoniak. Das würde ihr das Kotzen erleichtern. In einem der hinteren Ställe eingesperrt hockte sie sich zur metallenen Schüssel und machte routiniert einen Knoten in ihre hellgrünen

Haare. Mit der rechten Hand hielt sie sich am schmalen Schüsselrand fest, während sie mit zwei Fingern der linken Hand ihr Zäpfchen kitzelte. Zwei-, dreimal würgte sie und spürte, wie das halbverdaute Essen sich durch die Speiseröhre den Weg nach oben arbeitete. Noch ein letztes Mal, dann war Julia die Potato Wedges, die sie zuvor mit einer Freundin in einem Lokal gegessen hatte, los. Die Finger von an Bulimie Erkrankten blieben beim Kotzen meist sauber, weil sie eine gewisse Expertise im Erbrechen entwickelt hatten. Nur ein wenig Spucke hatten Julias lila und schwarz glitzernden, kurzen Nägel abbekommen. Sie spuckte noch ein paarmal, um Magensaft aus dem Mund zu bekommen, wischte sich den Schweiß von der Stirn, verschränkte die Arme über der Kloschüssel und rastete ihren Kopf darauf aus.

Kroatien

beautywithaknife.tumblr.com/post/789886541718/stille-entortung

Migrationsgeschichten sind zwangsläufig Klogeschichten. Migration bedeutet Reise, Migration bedeutet Flucht, und Reisen und Flüchte – Pardon, Fluchten – vertragen sich ja mit den üblichen Hygieneritualen so gar nicht.

Eines muss ich gleich vorwegnehmen: Die Frauen, die sich beim Pinkeln nicht auf die Klobrille setzen, sondern über der Schüssel kauernd die Zeit nutzen, um gleichzeitig ein kleines Ober- und Unterschenkel-Work-out zu machen, sind genau die, die Schuld daran sind, dass öffentliche Klos und Klobrillen schmutzig sind. Wenn man sich nämlich normal hinsetzt und die Kloschüssel mit dem eigenen Arsch dicht macht, am besten noch ein wenig die Arschbacken durch den Druck des eigenen Gewichts an der Klobrille auseinanderdrückt – wenn man das so macht, dann kann gar nichts danebengehen, ergo kann dann eine Klobrille nicht verschmutzt sein. Woraus soll eigentlich dieser vermeintliche Schmutz auf Klobrillen überhaupt bestehen? Normal behandelte Oberschenkelhinterseiten gehören zu den saubersten Stellen am Körper, würde ich sagen. Wir alle kennen die Statistiken: Jede Computertastatur ist tausendmal schmutziger als eine Klobrille, selbst wenn das über ihnen hockende pinkelnde Frauen infrage stellen und damit den Umstand gleichzeitig gefährden. Falls nämlich doch einmal Pisse am Klobrillenrand landet, dann kann das nur sein, weil eine Frau sich nicht ordentlich hingesetzt hat während des Geschäfts. Es ist nämlich so: Auf Wasser beziehungsweise Urin, der größtenteils aus

Wasser besteht, wirkt die sogenannte Adhäsionskraft, die man als Anhänglichkeit des Wassers an andere Oberflächen verstehen kann. Wasser oder Urin, die wollen immer lieber mal an etwas entlangfließen, als sich sofort schnurstracks ins Unbekannte zu stürzen, wenn Winkel und Fließgeschwindigkeiten es zulassen. Wenn jetzt jemand über einer Kloschüssel hockt und der Urinstrahl einen Oberschenkel oder besser gesagt die Innenseite eines Oberschenkels entdeckt, die beim Hocken immer näher zum Strahl ist als beim Sitzen, weil der Winkel zwischen Strahl und Oberschenkel dann immer kleiner ist als neunzig Grad, dann möchte er diesen erst einmal entlangfließen. Das macht es natürlich schwerer, zu kontrollieren, wohin der Strahl geht, und das nächstgelegene Ziel kann – bingo! – die Klobrille sein.

Ich empfehle deshalb allen Menschen, die im Sitzen pinkeln, sich auch auf öffentlichen Toiletten hinzusetzen. Wenn wir das ab jetzt alle sehr gewissenhaft machen, dann wird sich das Problem mit den ekligen Toiletten und dem Gestank sehr schnell erledigen, aber dazu müssen wir uns jetzt echt mal ein wenig zusammenreißen. Der Ekel vor Toilettenrändern ist keine rationale Sache, sondern ein anerzogenes Ding, und tausendmal schlimmer und gefährlicher, als mit der Oberschenkelhinterseite auf einen Tropfen Urin eines anderen Menschen zu treffen, ist es, einem anderen Menschen die Hand zu geben und sich danach nicht sofort die Hände zu waschen. Kein Scherz.

Wenn man im Wald oder Gestrüpp pinkeln muss, weil keine Toilette in der Nähe ist, kann es beim Hockend-Pinkeln dazu kommen, dass man auf die eigenen Füße oder Schuhe uriniert. Deshalb wenden manche Eltern bei ihren Kindern eine tolle Methode an, um das Pinkeln zu erleichtern und vor allem potenzielle Selbstanpinkelungen abzuwenden. Es funktioniert so: Das Elternteil steht hinter dem Kind – unten abwärts freigemacht, wobei die Kinder die Hosen nicht mal ganz ausziehen, sondern nur runterlassen müssen –, das sich etwas vorbeugt. Nun greift das Elternteil unter die Knie des Kindes und hebt es, mit der Brust an den Rücken des Kindes gedrückt, wie ein kleines zusammengelegtes Paket hoch. Nun müssten die Beine und Füße des Kindes samt Kleidung in Sicherheit in der Luft baumeln, ein komplikationsloses Pinkeln mit einem wunderschönen parabolischen Fallmuster ist vorprogrammiert.

So haben meine Eltern mich nie zum Pinkeln hochgehoben, das habe ich erst später beobachtet. Aber ich wünschte, sie hätten es getan, denn vor den ganzen Krabbeltieren, von denen es im Gestrüpp oder auch um die Plumpsklos an der alten Route zum Balkan gewimmelt hat, hatte ich große Angst. Da wäre es schon sehr praktisch gewesen, in Sicherheit vor Ameisen, Käfern und Heimchen in eineinhalb Metern Höhe zu weilen. Anders als einige andere Kinder hatte ich nie Angst, in ein Plumpsklo hineinzufallen, aber so ganz wohl war mir bei der Sache nicht immer, vor allem wenn es um die Raststätten-Plumpsklos herum rutschig und matschig war. Ja, ja, ich kann mich noch an die Zeit erinnern, in der es flächendeckend Plumpsklos an den Autobahnen und Bundesstraßen gab. Und ich will mir gar nicht ausmalen, wie das mit der Hygiene während Zeiten der Gastarbeiterroute gewesen sein muss.

Auf von Anrainer_innen selbst er- und aufgestellten „Verkehrsschildern" waren damals rassistische Karikaturen von Gastarbeiter_innen mit heruntergelassenen Hosen zu sehen – durchgestrichen und mit einem „Bitte nicht!"-Schriftzug versehen.

Heute sind die Gastarbeiter_innen der ersten Generation oft schon verstorben und die Flüge nach Istanbul sind weitaus billiger. Verbindungen zwischen Zentral- und Osteuropa sind nun durch Autobahnen gegeben, auf denen schnelleres und sichereres Weiterkommen möglich ist. Gerade den Weg nach Kroatien ans Meer hat die Autobahn von Zagreb nach Zadar und die Küste hinunter um die Hälfte der Zeit verkürzt. Plumpsklos gibt es auch keine mehr, sondern moderne Raststätten mit einem Bon-System, wo man Kleingeld in einen Automaten schmeißt, um das WC betreten zu dürfen. Den Betrag bekommt man für den Raststätten-Shop gutgeschrieben. Croat-ssants kann man sich damit dann dort zum Beispiel kaufen, in rot-weiß kariertes Plastik verpackte Mini-Backwaren mit Schokofüllung.

Apropos Schokofüllung: Eine andere Empfehlung, die ich zum Thema WCs habe, ist der Kackschemel. Es geht auch hier wieder um die Position beim Geschäfterledigen – die meisten Menschen machen es nämlich falsch. Paradoxerweise ist es beim Scheißen nämlich, im Gegensatz zum Pinkeln, wie ich ja schon erklärt habe, wichtig, sich hinzuhocken, denn nur so können die Därme in die optimale Lage zum Verabschieden des Kots kommen. Das klingt jetzt vielleicht etwas unnötig fäkal, ist aber ein reales Gesundheitsproblem: Falsches Kacken kann zu Hämorrhoiden und Inkontinenz führen. Deshalb gibt es in verschiedenen Online-Shops kleine Hocker zu kaufen, die die richtige Größe und Höhe und eine Aussparung haben, sodass man sie als Fußraste verwenden kann, wenn man auf der Toilette sitzt. Die Oberschenkel liegen im Optimalfall am Oberkörper an und der Enddarm befindet sich dann in der richtigen Position. Alternativ kann man, wenn man gerade beim Scheißen Schwierigkeiten hat, auch mit zwei Fingern auf den sogenannten Damm drücken, das Stück Haut beziehungsweise Fleisch zwischen Geschlechtsteil und Arschloch, aber das ist nur so ein kleiner Zusatztipp von mir. Das habe ich gelernt, wenn ich mich als kleines Kind auf dem Klo besonders beeilen musste, entweder weil es im Klo am Gang kalt war (erste und zweite Wohnung in Wien) oder weil das Klo am anderen Ende der Wohnung als Abschluss eines langen, engen Korridors kam, der mir Angst machte (dritte Wohnung in Wien, hier mussten wir die ganze Kloschüssel austauschen, weil die Vormieterin Katzenstreu hineingeworfen hatte).

Das Klo am Gang ist ja heutzutage fast Kult geworden, die fast schon komödiantisch großen Schlüssel sind zu Accessoires der Hipster und Bobos geworden, für die das Leben im Altbau Prestige ist, dem ein gewisser Armuts-Chic den letzten Schliff verleiht.

Das mit dem Klo am Gang war für meine Eltern ein ziemlicher Schock, obwohl sie sich noch an eine Zeit zurückerinnern, in der ihre Familien Klos im Freien hatten. Eine sehr selten in meiner Familie erzählte Geschichte ist die von Tante Zdenka, den Schuhen und der Axt. Tante Zdenka, die drittälteste Schwester meines Vaters, hatte gerade von einer entfernten Verwandten, die als Gastarbeiterin in Deutschland lebte, ein neues Paar wunderschöner, knallroter neuer Stiefel bekommen, als die gefürchtete Großtante Anka zu Besuch kam. Die unverheiratete und deshalb im Dorf geschasste Anka, die immer nur auf Ärger aus war, weil sie immer nur Ärger gewohnt gewesen war, erblickte die Schuhe und beschloss, sie am darauffolgenden Sonntag zur Messe zu tragen. Der Sonntag kam, mit ihm auch Anka, doch die Stiefel waren nirgends aufzufinden. Zdenka hatte sich mit ihnen im Draußen-Klo versteckt, das kaum mehr benutzt wurde, seitdem das Haus renoviert worden war. Den ganzen Tag lang suchte die Familie Zdenka und ihre Stiefel. Erst als alle Messen vorbei waren, kam das Mädchen mit den Schuhen aus der Toilette. Auf diese Aktion folgte, wie so oft nach Besuchen von Anka, natürlich eine Tracht Prügel mit Holzruten, die Großmutter Mara aushändigte – Großvater Ante war zu beschäftigt zum Prügeln. Man weiß nicht, ob es die vielen Stunden auf der Toilette waren oder ob es einfach der letzte Tropfen war, der das Fass zum Überlaufen brachte, aber diese Ungerechtigkeit machte Zdenka so wütend, dass sie danach stillschweigend und ruhig, wie sie immer schon war, in den Schuppen ging, eine Axt hervorholte und bestimmten Schrittes mit der Axt über die Schulter gelegt auf Anka losging. Drago, der alles vom Garten aus beobachtete, konnte Zdenka gerade noch davon abhalten, die Großtante kurz und klein zu hacken. Ab diesem Moment bekam Zdenka auch bei Auseinandersetzungen mit Anka keine Prügel mehr. Die bekam ein anderes Kind. Denn irgendjemand musste auf jeden Fall eine Tracht Prügel ausfassen.

Vielleicht auch deshalb haben mich meine Eltern nie geprügelt oder geschlagen, nicht einmal geohrfeigt. Auch wenn ich manchmal ein anstrengendes, sehr eigenwilliges Kind sein konnte. Ich weiß noch, dass ich mich einmal nach einer Auseinandersetzung, ich weiß gar nicht, wie alt ich da war, aber ich denke, ich war schon im Gymnasium, im unteren Klo – in der vierten Wiener Wohnung hatten meine Eltern sogar zwei Klos, das nennt sich dann wahrscheinlich sozialer Aufstieg – versteckt hatte und weinte. Ich schlug beim verzweifelten Suchen nach einer Ablenkung die Tür eines kleinen WC-Regales so fest zu, dass ein kleines Stück der Holzverkleidung – es war kaum zwei Quadratzentimeter groß – abbrach. Viele Jahre später bemerkte ich, dass wohl meine Mutter dieses Stück weggesprungene Verkleidung gefunden und sehr sorgsam wieder an das Eck der Kästchentür geklebt hatte. Nie habe ich mich so sehr geschämt, meine Eltern so sehr geliebt.

Obwohl ich zwar oft wegen zu fettigen Essens Durchfall habe – ich bin da sehr empfindlich –, sperre ich mich deshalb sonst eher selten in Klos ein. Meistens tue ich das eher, um den Menschen ein wenig zu entkommen und einen Moment der Ruhe zu haben. Da nervt es mich besonders bei öffentlichen WCs unglaublich, wenn andere Frauen hereinkommen. Nicht weil ich es peinlich finde, den Pinkel- und Kackgeräuschen zuhören zu müssen, sondern weil diese die Türen der WC-Ställe immer unfassbar laut zuschmeißen und diese entsetzlichen ohrenbetäubenden Handtrockner verwenden. Bitte, wenn ihr auf einem öffentlichen WC seid, habt ein wenig Nachsicht. Es kann immer sein, dass jemand ein paar Sekunden Ruhe braucht. Andererseits wollen bulimische Menschen wahrscheinlich, dass alle rundherum besonders laut pinkeln, kacken und herumtrampeln, damit man ihr Würgen nicht hört. Da muss man wohl einen guten Lautstärkenkompromiss finden.

Ihr kennt bestimmt schon diese Wiener Smartphone-App, die alle öffentlichen WCs in der Nähe des eigenen Standpunkts anzeigt. Ich schlage ja da zusätzlich zum Barrierefreiheits- und Wickeltisch-Filter einen Filter für Lautstärke vor. Zusätzlich sollte man bei jedem McDonald's-Klo beziehungsweise bei Klos anderer Fast-Food-Restaurants eingeben können, welche anderen Hürden zu nehmen sind. Denn viele Mäci-Klos haben jetzt einen täglich wechselnden Code oder gar Jetons, die nur bei Konsumation von den Kassierer_innen ausgegeben werden. Da könnte man diese App eben nutzen, um die aktuellen Klo-Codes mit anderen zu teilen.

Überhaupt ist der Klogang meines Erachtens ein Menschenrecht, und wer davon profitieren oder ihn nur für genehme Leute einschränken will, verstößt gegen ein grundlegendes Prinzip der Menschlichkeit. Die Leute wollen, dass du in ihrem Restaurant isst, aber dass du ihr Essen auch mal ausscheißen musst, das macht ihnen dann plötzlich zu viele Umstände.

Ich wohne heute ja in einer Wohngemeinschaft mit einer Katze, die immer in die Dusche scheißt. Was das migrationsgeschichtlich bedeutet, ist mir noch nicht ganz klar.

Wenig oder nichts habe ich bisher gesagt über die Umgangsformen und die Sprache der jungen Leute damals – etwa darüber, wie man ein Mädchen oder einen Jungen für sich gewann. Für die Mädchen war das Aussehen des Gegenübers am wichtigsten, sie beurteilten die Burschen nach ihrer physischen Schönheit. Auch wichtig war der Wohnort der Männer, da es keine ausgebauten Wege zwischen den Dörfern gab. Es machte für das Mädchen schon einen großen Unterschied, ob der Junge in einem näher liegenden und leicht erreichbaren Dorf wohnte oder eher in einem, in das nur über anstrengende Umwege zu kommen war. Auch bedacht wurde beim Heiraten, ob der Mann etwa in der Nähe einer Quelle oder eines Flusses wohnte, wo man leichter Wasser bekommen und Wäsche waschen konnte. Es war schon ganz anders, in einem Dorf zu wohnen, das direkt am Fluss lag, denn es gab Fälle, in denen das Wasser aus Orten herangeholt werden musste, die viele Kilometer weit weg lagen. Die Frauen hatten hierfür besondere Tragevorrichtungen. Auch mit Pferden und Eseln wurde Wasser herangetragen. Wenn ein Dorf einen Brunnen bekam, war das für alle ein großer Fortschritt und eine große Erleichterung. Wenige Häuser hatten Wasserleitungen, was heute unvorstellbar ist, wo alle Wasser, Waschbecken und Bäder haben. Ein großer Teil der Dörfer hatte keine Elektrizität und nur wenige Städte waren an das Netz angeschlossen und verwendeten diese. Nach Gornji Vakuf kam der Strom erst 1961. Es gab zwischen den einzelnen Dörfern große Unterschiede, und noch mal große Unterschiede zwischen Stadt und Land. Aufgrund all dieser hier aufgezählten Aspekte war es schwierig, Ehepartner auszusuchen. Das alles musste sehr gut durchdacht sein, sodass das eigene Leben möglichst angenehm gestaltet werden konnte. Ich hatte als junger Mann einiges anzubieten: ein Haus mit Ziegeldach gleich in der Nähe der Straße und nahe des Flusses Vrbas, der nur vier Meter vom Haus entfernt war.

Neben den angeführten Bedingungen war es für junge Frauen auch wichtig, aus welcher Familie der Mann kam. War die Familie auf irgendeine Art und Weise reich? War es eine angesehene und geschätzte Familie? Oder hatte sie einen schlechten Ruf und viele Probleme? Es gab genug Fälle, in denen Mann und Frau einander gefunden hatten, wo aber die Eltern ihre Ehe nicht unterstützten. Diese Fälle wurden durch den Diebstahl des Mädchens gelöst. Es gab aber auch andere Fälle und Bräuche.

Um kurz zu erklären, was „ašikovanje" ist: Das Wort bezeichnet die Unterhaltung und den Umgang zwischen jungen Frauen und Männern. Damals war es Brauch, dass junge Menschen gleichzeitig mit mehreren Leuten ausgingen. Zum Beispiel begleitete ein Junge nach der Messe ein Mädchen, damit die beiden sich kennenlernen und unterhalten konnten. Wenn das Mädchen nach einer Zeit mit jemand anderem sprechen wollte, tippte sie demjenigen auf die Schulter. Das war das Zeichen für einen Tausch. Auch umgekehrt konnte ein Bursche einem anderen auf die Schulter tippen, um ihm zu signalisieren, dass er Zeit mit dem Mädchen verbringen wollte. Wenn sie zustimmte, gab es wieder einen Wechsel.

Obwohl ich fest davon überzeugt war, dass vor dem Militärdienst zu heiraten keine gute Idee war, passierte es doch – teils unserer schwierigen Umgebung zum Trotz. Mein Onkel hatte jedenfalls schon länger damit angegeben, dass in seiner Nachbarschaft eine junge Frau wohnte, die etwas für mich wäre. Er schwärmte ständig von ihr, diesem Mädchen, das angeblich fleißig wie anständig war und gleichzeitig die schönste Frau auf der ganzen Welt, und er insistierte, dass ich sie kennenlernen müsse. Mehr ihm zuliebe willigte ich ein.

Sie war jünger und hatte noch nicht angefangen, mit Jungen auszugehen – auch weil sie eine ältere unverheiratete Schwester hatte und die Regel war, dass jüngere Schwestern erst ausgehen durften, wenn die älteren vergeben waren. Ich ging zu meinem Onkel, welcher mich zu ihrem Haus brachte und mit ihr bekannt machte. Weil der Vater ihr nicht erlaubte, sich mit Männern zu treffen, sahen wir einander immer im Geheimen. Zum Beispiel besuchte ich eine ihrer Cousinen, die eingeweiht war, und sie kam dann dazu. Auch ihre Tante wusste von unserer Beziehung, was es uns erleichterte, immer wieder Möglichkeiten und Ausreden zu finden, einander zu treffen. Meine Zukünftige war sehr arm und hatte keine Mutter. Diese war 1943 gestorben. Die mütterlichen Pflichten meiner Zukünftigen gegenüber übernahm ihre Schwester Kata, eine Witwe. Ich hatte viele Freundinnen, als ich ins „ašikovanje" ging, und ich dachte lange darüber nach, welche meine Frau werden sollte. Entscheiden wollte ich mich aber wirklich erst nach der Beendigung meines Militärdienstes. Aber meine Zukünftige hatte andere Pläne. Nach ein paar Wochen, in denen wir uns immer wieder heimlich bei ihrer Cousine getroffen hatten, sagte sie eines Tages plötzlich zu mir: „Ante, ich muss innerhalb von sieben Tagen heiraten." Der Grund dafür war, dass ihr Vater noch vor Weihnachten eine Frau heiraten würde, die niemand mochte. Meine Freundin wollte durch ihre eigene frühe Hochzeit dem Zusammenleben mit dieser Frau entgehen. „Um es ganz konkret zu sagen, Ante: Du bist der Erste, dem ich eine Hochzeit anbiete. Wenn du dich dagegen entscheidest, dann heirate ich Ljubas Jure aus Drvetine, da kann ich in der Nähe meiner Schwester leben." Sie zählte noch einige andere Männer auf, die sie heiraten würde, wenn ich ablehnte, ich kann mich aber nicht an alle Namen erinnern. Sie hatte sich mehrere Möglichkeiten zurechtgelegt und das alles sehr gut durchdacht. Aber am wichtigsten war ihr, einen schnellen Ausweg zu finden. Die geheimen Treffen mit ihr fielen mir immer schwerer und ich wurde nervös und ängstlich. Ihr Vater verprügelte sie einmal nur aus einem leisen Verdacht heraus, um klarzustellen, dass Treffen mit Männern für sie absolut nicht infrage kämen. Nach diesem Vorfall entschied ich, das Problem so schnell wie möglich zu lösen, egal auf welche Art und Weise.

Meine Zukünftige erzählte meinem Onkel, der uns bekannt gemacht hatte, von ihrem Wunsch, mich zu heiraten, und meinem Widerwillen und Zögern. So erfuhren auch meine Familie und Freunde von unserer Beziehung und jetzt übten auch sie Druck auf mich aus, sofort um ihre Hand anzuhalten. Nach einem sehr langen Treffen, bei dem wir nur redeten und redeten, entschied ich mich doch, sie zur Frau zu nehmen. Das wäre zu diesem Zeitpunkt aber nur durch einen Brautraub und mit dem Verzicht auf Feierlichkeiten möglich gewesen. So vereinbarten wir, dass ich an einem Donnerstagabend mit einer Gruppe Männer auftauchen und sie entführen würde. Als ich meinen Eltern von diesem Plan erzählte, bat mein Vater mich darum, den Brautraub um einen Tag zu verschieben. Er wollte versuchen, mit dem Vater der Braut zu sprechen. Sie trafen sich in Bugojno und Fabijan Voljić sagte: „Deine Tochter wird meinen Sohn heiraten, das steht fest – mit oder ohne dein Einverständnis. Aber mit deinem Handschlag wird die Sache für alle etwas einfacher und angenehmer." Mein zukünftiger Schwiegervater gab daraufhin seinen Segen und wir konnten mit den üblichen Bräuchen und Feierlichkeiten heiraten.

In Kroatien gibt es kein Grundwasser und keinen Grund, es gibt nur Stein. „Grabe einen Stein aus, und es wächst der nächste nach", hat Laras Großvater immer gesagt, „das Einzige, was in Kroatien wächst, ist Stein." Das Haupt-Exportmittel des Landes ist Stein. Stolz erzählen die Kroat_innen sich und anderen, sogar das Weiße Haus sei aus Bračer Stein, doch das stimmt gar nicht. Es ist das kanadische Denkmal für die im Ersten Weltkrieg bei der Schlacht von Vimy Gefallenen. Wie dem auch sei, wenn man in Dalmatien etwas zu bauen oder anzubauen gedenkt, muss man erst mühsam alle Steine aus der Erde des Grundstückes ausgraben (an das Bauen von Kellern ist gar nicht zu denken). Mit den ausgegrabenen Steinen wird traditionell ein sogenannter „suhozid" gemacht, eine „trockene Wand", also eine Mauer, die aus fachmännisch aufeinandergestapelten Steinen besteht und keines Bindemittels bedarf. Überall in Dalmatien, an der Küste und auf den Inseln, zeugen solche Trockenwände, die mitten in der Landschaft stehen, von den Grenzen alter Grundstücke, dem Bedürfnis, zu bauen, anzubauen, abzubauen und sich abzugrenzen. Von oben sehen die Trockenmauern aus wie Brüche in der Landschaft, Aufbrüche, wie die Spalten in Baumrinden. Manchmal sind ganze, heute unbewohnte und nur von Tourist_innen zum Nacktbaden angefahrene Inseln rätselhafterweise komplett von einer Trockenwand umgeben, zum Beispiel das Inselchen Lupac nahe Šibenik. Manchmal stehen auch einfach nur große, kegelförmige Steinberge in der Landschaft herum, das sind dann ausgegrabene Steine, die noch nicht zu solchen Terrassen beziehungsweise Wegen zwischen den Parzellen verbaut worden oder die nach dem Graben und dem Bau übrig geblieben sind und für die es keine Verwendung gibt.

Wenn man, statt die neue Autobahn zu nehmen, nach Karlovac abbiegt und auf der alten Bundesstraße nach Šibenik fährt, dann sieht man noch heute zum Beispiel rund um Benkovac viel von dem, was der Krieg in dieser Gegend angerichtet hat. Die schnurgerade Straße fräst sich hier einen Weg durch eine hügelige, karge Gegend, und der Ausblick, den man von einem Hügel zum anderen über die Landschaft hat, erinnert an Bilder der berühmten Route 66 in den USA. Kein Wunder, dass die Winnetou-Filme ausgerechnet hier gedreht wurden. Man kommt vorbei an vielen kleinen Ortschaften mit Häusern, die entweder nicht fertig gebaut oder nicht fertig zerstört wurden – auf den ersten Blick ist das nicht immer gleich zu erkennen. Einschusslöcher von den Kämpfen insbesondere der Oluja-Operation zieren hier fast alle Gebäude.

„Oluja“, übersetzt „der Sturm“, war eine Aktion der kroatischen Armee, die im August 1995 ein großes Gebiet Kroatiens zwischen Karlovac und Šibenik, das während des Jugoslawienkrieges zur Republik Serbische Krajina ausgerufen worden war, zurückerobert hat. Viele Serb_innen sind während der mehrtägigen Aktion vertrieben worden – mehrere Hunderttausend. Wie von der UNO und dem Tribunal in Den Haag festgestellt wurde, ist es zu Kriegsverbrechen gegen Serb_innen, zur Tötung von Zivilist_innen, zu Mord, Brandschatzungen,

Plünderungen, Demütigungen und ethnischen Säuberungen gekommen. Drei Befehlshaber innerhalb dieser Aktion, Ante Gotovina, Mladen Markač und Ivan Čermak, sind nach dem Krieg vor dem Kriegsverbrechertribunal in Den Haag wegen Verbrechen gegen die Menschlichkeit angeklagt und teilweise in erster Instanz zu vielen Jahren Haft verurteilt worden. Das Gesicht Gotovinas ziert in der Gegend rund um Šibenik und Benkovac viele Busstationen und Betonwände, er ist in der Nähe auf der Insel Pašman geboren und wurde und wird, insbesondere heute, wo er in höherer Instanz freigesprochen und nach Kroatien zurückgekehrt ist, wie ein Held gefeiert. Wer für all die dokumentierten Verbrechen gegen die Menschlichkeit zur Verantwortung gezogen wird, bleibt offen. War im frühen Jugoslawien bei politischer Verfolgung oft von Tätern ohne Verbrechen zu sprechen, so ist die heutige Devise wohl Verbrechen ohne Täter.

Šibenik kommt, so steht es im Reiseführer, noch etwas „ungehobelt" daher. Das ist wahrscheinlich Reiseführersprech für touristisch unerschlossen. Es könnte vom fehlenden Stadtstrand herrühren – wenn man von dem weit vom Zentrum entfernten, quasi nur per Taxi-Boot erreichbaren, an einer Halbinsel gegenüber der Stadt liegenden, vollbetonierten Arbeiter_innen-Strandbad absieht, wo kleine Betonhäuschen mit bunt angemalten und von Salz zerfressenen Türen den badenden Anrainer_innen als Stauraum und Schattenspende zur Verfügung stehen. „Authentisch", „mittelalterlich" und „unterschätzt" grinsen die Damen und Herren in den Tourismusbüros. Der Tourismus begrenzt sich so auf Tagesausflüge aus den umliegenden, familienfreundlicheren Ressorts und Städten wie Vodice, Primošten oder Solaris.

Die Stadt wurde – anders als die meisten an der Adriatischen Küste – wohl von kroatischen Stämmen gegründet, von „echten" Kroat_innen also aus dem dalmatinischen Stein gefräst; die Innenstadt, in der Fußgänger_innen-Zonen keine Politik, sondern räumliche Notwendigkeit sind, dieses Geäst aus steilen, steinernen Gässchen mit ihren durch jahrhundertelanges Drüberschreiten blitzblank polierten, rutschigen und rätselhafterweise immer nassen Böden, in deren Dunkelheit nur die Augen der mülltrennenden Straßenkatzen glitzern – sie fiel wechselnd in byzantinische, venezianische und österreichische Hände. 1991 wurde die Stadt als Knotenpunkt zwischen Nord- und Süddalmatien schwer beschossen. Der Krieg hatte die Aluminiumindustrie und mehrere Fabriken zerstört, die die Lebensgrundlage für viele Šibenčani dargestellt hatten.

Bekannt ist die Stadt wegen der Jakobskathedrale, eines auf der Welt einzigartigen Bauwerks: Die Kirche besteht komplett aus steinernen Platten, die ohne Bindemittel zusammengesetzt sind, ein steinernes Lego-Gotteshaus quasi.

Heute ist Šibenik weder hier noch da: Es gibt einen McDonald's, aber keine Arbeitsplätze, es gibt ein neues Luxushotel, aber keine zahlungskräftigen Besucher_innen, es gibt ein Einkaufszentrum, aber kaum Einheimische, die sich die Markenkleidung darin leisten können.

Als Lara in die schmale und steile Gasse einfährt, sticht ihr sofort eine große Veränderung ins Auge: Das Haus ihrer Tante ist neu gestrichen worden. Zuvor war es in einem fast unangenehm strahlenden Weiß gehalten, jetzt sticht das zweistöckige Gebäude in einem grellen Orange zwischen den entweder beige verputzten oder schmutzigen Nachbarshäusern hervor. Sie rollt mit dem Auto an die Einfahrt heran, steigt aus und fängt an, an dem niedrigen Metalltor herumzufummeln. Sie dreht den Schlüssel mal nach links, mal nach rechts, doch das Schloss gibt nicht nach. Selbst wenn sie so stark dreht, dass ihre Finger rot anlaufen, schmerzen und wenn sie gleichzeitig wütend an dem Tor rüttelt, tut sich nichts. Sie gibt auf, bevor vielleicht noch der Schlüssel abbricht – sie hat nur einen und dieser sperrt alles, Eingangstor, Garage, Haustür, Schuppen –, fährt das Auto ganz nahe an das Tor heran, sodass es möglichst wenig stört und andere Autos noch vorbeifahren können, und klettert über den *suhozid* auf das Grundstück. Der Vorgarten, der diesem Namen eher nicht gerecht wird, da er größtenteils aus aufgeschüttetem weißen, scharfen Steinchen besteht, brennt sich im gleißenden Licht der Nachmittagssonne auf Laras Netzhaut ein. Sie geht am Haus rechts vorbei und als sie in den Schatten tritt, sieht sie kurz nichts außer vor ihren Augen tanzende Muster, bis sie sich an die Dunkelheit gewöhnt. Sie sperrt die Haustür auf und tritt in eine tiefere Dunkelheit ein; alle Fenster im Haus werden nämlich geschlossen und die

Jalousien heruntergelassen, wenn länger niemand im Haus weilt.

Als Bruchbude haben Laras Tanten väterlicherseits dieses Haus kurz nach dem Krieg gekauft. Sie haben geplant, sich dort niederzulassen und als Lehrerinnen Arbeit zu finden. An eine Rückkehr nach Bosnien war nach dem Krieg nicht zu denken, war doch das Haus der Familie Voljić in Bosnien komplett zerstört worden. Auch eine gewisse Distanz zu den strengen Eltern zu halten – Großvater Ante und Großmutter Marica, die damals in einer kleinen Wohnung in Gornji Vakuf lebten – war den Tanten nicht unangenehm. Auch die wirtschaftliche Lage und die Lebensqualität waren direkt nach dem Krieg in Šibenik besser als in Zentralbosnien, wo der Krieg weitaus länger und blutiger gewütet hatte.

Dieser Plan wurde allerdings durchkreuzt, da Großvater Ante die Anschaffung dieses Hauses als eine Art Gefallen der Familie gegenüber interpretierte und es mit der Großmutter gemeinsam wahlweise als Winter- oder Sommerdomizil nutzte, je nachdem, was mehr Umstände machte. Auch für die Reparaturen des Hauses, die dringend nötig waren und nur schleichend vorangingen, hatte Großvater Ante sehr viele Ideen. Dass der Pensionierte aber nicht mehr in der Lage war, am Haus zu arbeiten, und dass seine handwerklichen Fertigkeiten eher eine Gefahrenquelle darstellten als einen Nutzen, traute sich niemand dem Familienoberhaupt zu sagen.

All das änderte sich, als Tante Nevenka heiratete – einen Bayern namens Rudolf, der dem Klischee eines Bayern gerecht wurde, als wäre er einem Witzbuch entsprungen: Er war stämmig, hatte einen dicken runden

Bauch, eine blonde Halbglatze, einen blonden Bart und schreiend blaue Augen. Rudolf war etwas älter als Tante Nevenka und hatte lange Zeit als Automechaniker gearbeitet und für eine Firma in Augsburg Sonderanfertigungen wie Zirkuswägen, fahrende Hot-Dog-Stände und Bibliotheken auf Rädern gebaut. Der geschickte und genaue Rudolf, der sich in einem kleinen Ort in der Nähe von Augsburg selbst ein Haus gebaut hatte, übernahm das Kommando über die Renovierungen. Er verstand sich gut mit dem Großvater und noch besser darauf, jemandem eine Idee so zu verkaufen, dass die Person später meinte, es wäre ihre eigene Idee gewesen.

Ab diesem Zeitpunkt wurde das Haus radikal verändert, Mauern eingerissen und neue Mauern gebaut, das Stiegenhaus und die Eingangstüren verlegt, die Terrasse neu herausgehoben. Jedes Mal, wenn Lara und ihre Eltern nach Šibenik kamen, wo sich die Familie nun öfter um Großvater und Großmutter versammelte, war etwas neu: die Küche, der Bodenbelag, die Einrichtung. Da Rudolf aber die meisten Dinge aus Deutschland mitbrachte, weil es nach dem Krieg noch keine großen Baumärkte in Kroatien gab, bekam das Haus an der dalmatinischen Küste ein schwäbisches Interieur: niedrige, holzgetäfelte Decken, eine hölzerne Sitzbank, klobige, verzierte Schränke, dunkle Türen und eine dunkle Echtholz-Küche.

Hatten am Anfang, also direkt nach dem Krieg, die Voljić noch im nackten oberen Stockwerk alle gemeinsam in einem Zimmer auf zu einer Liegelandschaft drapierten Matratzen und Decken geschlafen, wenn sie sich getroffen hatten, so erwartete sie heute eine Villa mit ganzen drei Balkonen, Klimaanlage und Springbrunnen auf der Terrasse.

Als Lara jetzt eintritt, fällt ihr gleich das bekannte, eingerahmte Regelwerk des Hauses auf:

Hausordnung
Tag vor Abreise

1. Boiler ausschalten

Abreisetag

2. Abfall ausleeren
3. Sicherungen kontrollieren und Strom abdrehen
4. Armaturen und Duschraum trocknen
5. Alle Abflüsse verschließen (Stöpsel)
6. Schuppen absperren
7. Alle Fensterläden schließen
8. Im Gang Fenster kippen
~~9. Fenster im WC kippen~~
10. In der Wohnung Türen öffnen
11. Wasserhaupthahn schließen !!!!!!!
12. Tür und Tor absperren

Schöne Reise

Für die Familienmitglieder, die des Deutschen nicht mächtig sind, steht das Regelwerk auch in Übersetzung da. Als Erstes öffnet Lara alle Fenster, um Luft und Licht hereinzulassen. Die meisten, die noch in das Haus in

Šibenik kommen – Tanten und Onkel, ihre Eltern, Cousinen und Cousins – lassen alle Fensterläden zu und halten sich wegen der Hitze nicht auf den Balkonen auf, sondern auf der geschützten, aber dafür stickigen Terrasse. Das versteht Lara nicht. Wozu soll man sich im Dunkeln einsperren, wenn es doch sogar eine Klimaanlage gibt? Warum Balkone bauen, wenn man sie nicht verwendet? In Kroatien werden sonst traditionell die Häuser nur mit wenigen, kleinen Fenstern gebaut, um sich so vor der Hitze und direktem Sonnenlicht zu schützen. Hier steht ein Haus mit großzügiger Luftigkeit und niemand weiß sie zu schätzen. Offenbar hat Rudolf mehr die Arbeit an dem Haus genossen, als er jetzt den Luxus genießt, es in allen seinen Möglichkeiten zu nutzen.

Lara schiebt ihren Koffer und ihren Rucksack in das Schlafzimmer mit dem Fenster zur Terrasse und wirft sich auf das große Bett. An der Wand gegenüber hängt ein Panorama von Augsburg, und Lara weiß nicht, ob das neu hingehängt worden ist oder immer schon da war, ohne dass sie es bemerkt hat.

1999 war im August in Zentraleuropa eine totale Sonnenfinsternis zu beobachten, ein „Ereignis des Jahrhunderts“ und eine „im Leben einmalige Gelegenheit“. Das Loch am Firmament fiel genau mit dem Sommerloch zusammen; Editorials und Spezialausgaben warnten davor, ohne geprüftem Schutz in die Sonne zu schauen,

Horrorgeschichten von blind gewordenen Astronom_innen rahmten die Features. Die Sonntagsausgaben boten dann versöhnlich als Beilage ihre billigen Brillen an – mit der Farbe und dem Schriftzug der Zeitung versehen, versteht sich, es gab ja keine bessere Werbefläche als die direkt vor den Augen der Kund_innen. Auch nach Solaris schafften es einige solcher Brillen. Gastarbeiter_innen brachten sie in den Urlaub in der Heimat mit, genau wie die Flüchtlinge, die zum ersten oder zweiten Mal nach dem Krieg zurückkehrten. Das Arbeiter_innen-Ferienressort aus den Siebzigern mit den fünf großen Hotels hatte sich noch nicht ganz erholt vom Krieg, als der Mond sich vor die Sonne schob. Zwischen 1992 und 1995 hatte es als Flüchtlingslager gedient, und wenn es vorher schon etwas anachronistisch gewirkt hatte, so war es nun endgültig in die Jahre und heruntergekommen. Vor dem einen Hotel hatten Meer und Wind den früher jährlich mit frischen Ladungen erneuerten Kieselstrand abgetragen und nur scharfe, große Felsen am Land und im Wasser hinterlassen. Im nächsten Hotel war der Pool, abgesehen von Müll und Dreck, leer. Vor dem dritten Hotel ragte eine kaum noch blaue, rostige Wasserrutsche aus dem Meer, das Wrack ihres kleineren, roten Zwillings lag scharfkantig unter der Oberfläche und lauerte leichtsinnigen Unter- und Oberschenkeln auf. Das Meer war braun-grün und der Wind warf der Küste harte Wellen entgegen. Pünktlich, genau wie in den Boulevardzeitungen angekündigt, verdunkelte der Mond den nur spärlich besuchten Strand. Die Menschen standen verstreut herum, alle in derselben Pose und in dieselbe Richtung gedreht, und blickten voller Erwartung hinauf zur Sonne. Es war still bis auf den ohrfeigenden Wind, der immer in Solaris wehte, und das Zirpen der Zikaden im Wald zwischen den Hotels, das vom Wind mal heran-, dann wieder weggetragen wurde. Es passierte nichts. Die Erde nahm ihren gewohnten Lauf, die Fische, Seeigel und -sterne im seichten Wasser reagierten nicht, nur die Menschen standen am Strand, warfen einander nichtssagende Blicke und Schulterzucker zu und fühlten sich ein wenig betrogen.

Die Flüchtlinge kommen jetzt auch zu uns

DUBROVNIK. Gestern Mittag wurde an die Küste der Insel Lastovo nahe Skrivena Luka ein kleines Motorboot mit vier Leichen geschwemmt: eine Frau, ein Mann und zwei kleine Kinder – wahrscheinlich eine Familie. Die Identität der Personen konnte laut Polizei nicht festgestellt werden. Allerdings wird laut Oberpolizeisprecher Ivanović davon ausgegangen, dass es sich nicht um Touristen handelt, da entsprechende Kleidung und Ausrüstung fehlen. Momentan prüfen Polizei, Küstenwache und Feuerwehr die Lage, doch wegen der Hautfarbe der Personen sowie der Art ihres Gepäcks gehen die Behörden davon aus, dass es sich um Flüchtlinge aus Afrika oder dem Nahen Osten handelt, die versucht haben könnten, die EU über die Adria zu erreichen.

Der Verwesungszustand der Körper deutet darauf hin, dass die Familie bereits länger tot auf dem Meer getrieben ist. Um den Todeszeitpunkt und die Todesursache genauer zu bestimmen, wurden die Leichen in die Universitätsklinik Split gebracht. „Wir gehen davon aus, dass sich hier unser Verdacht auf Verhungern und/oder Verdursten als Todesursache erhärten wird", sagt Oberpolizeisprecher Ivanović.

In einer Aussendung schreibt ein Vertreter der Mittelmeer-Mission Triton, die dem europäischen Grenzschutz Frontex untersteht und die Küstengewässer Italiens überwacht, von einem sehr ungewöhnlichen Fall. Flüchtlinge aus Afrika benutzen laut Triton-Presseaussendung üblicherweise Meeresrouten nach Italien und Griechenland, während Flüchtlinge aus dem Nahen Osten meistens über südosteuropäische Landwege versuchen, nach Europa zu gelangen. Es ist laut Triton möglich, dass es sich in diesem Fall um Flüchtlinge handelt, die von Griechenland oder der Türkei aus mit dem Boot aufgebrochen sind, weil die Landwege nach Mitteleuropa immer stärker kontrolliert werden. Zudem wird das kroatische Küstengewässer nicht überwacht, was das Erreichen der EU erleichtert. Der Vertreter von Triton sieht die Schuld für die Todesfälle bei den Schleppern. Es sei vorstellbar, dass diese in der Türkei oder in Griechenland Flüchtlingen kleine Motorboote verkaufen und ihnen versichern, sie könnten in ein paar Tagen Kroatien erreichen.

In einer Pressekonferenz zum Budgetbeschluss äußerte sich auch der Premier kurz zu dem Vorfall: „Es handelt sich hier um ein unvorstellbar tragisches Schicksal, und wir werden alles daran setzen, um den Fall aufzuklären – insbesondere auch, damit wir solches in Zukunft vermeiden können." Weiters versprach er, „dass der kroatische Tourismus keinesfalls unter der aktuellen europäischen Flüchtlingskrise leiden wird" und dass „die Kroaten keine Befürchtungen vor großen Flüchtlingsströmen ins Land haben müssen, weil nun ein Triton-ähnliches Modell für Kroatien geprüft wird." (ra)

@BalkanDigest: Lokalpolitikerin Mišić will Grenzzaun zwischen Kroatien und BiH sowie Mazedonien balkandigest.com/story/jetzt-auch-bei-uns [32s]

@Nachtrichten: mutm. Brandstifter vom Brandenburger Flüchtlingsheim ist in der Polizei-Akademie – und hat einschlägige Vorgeschichte nachtrichten.noblogs.com/brandenburg/qui-custodet-custodes-und-wer-will-eigentlich-so-aller-polizist-werden [52s]

@GermGoere: Samstagabend, ich sitze zu Hause und putze Katzenhaare aus meinem Handy. [3m]

@Epigonist: Ma, ich hasse das Gefühl vor einer langen Reise. So viel, das potenziell schieflaufen kann. [3m]

@JakobLerner: Hey @WienerLinien, stimmt das mit den rassistischen Kontrollen am Praterstern? Neuer Tiefpunkt erreicht, schätze ich ... [4m]

@SonjaSommer: RT @Nachtrichten: EIL: Flüchtlingsboot vor Albanien gekentert, laut albanischer Seerettung 7

Tote, Herkunft noch unbekannt nachtricht.en/890bu82n [45m]

@sichtum: Nein, ich will nicht noch irgendwo auf ein Getränk gehen. Lieber ein Ertränk. [7m]

@MartinSeebacher: Terror gegen Flüchtlinge – eine interaktive Übersichtskarte seebach.er/interactivemaps/terrorist-attacks-on-refugees [8m]

@Paragon: Hätte wieder Bücher abzugeben! Alles einzeln herschenken oder auf willhaben stellen ist mühsam. Wer hat Lust auf ne kleine Runde bei mir? [12m]

@Kistenmädchen: @Paragon Oder am Donnerstag beim Lektüre-Lotto im Fünfzack einzahlen! m.facebook.com/events/395163544019670/ [6m]

@Paragon: @Kistenmädchen Ah coole Idee, danke! [9m]

@pentamica: ich will einfach so dringend ans Meer, dort lösen sich alle meine Probleme in Zikadengelächter auf [9m]

@AlJazeeraBalkan: Ubijeni organizatori demonstracija u Iranu ajb.me/5jjt [10m]

@DerSemmelkopf: Karriereziel: Bester Weinglas-Musikant der Welt werden. [11m]

@Anarchata: In Erdberg kommen die Busse mit Flüchtlingen an. Polizei bereits vor Ort mit einigen Wannen. Getränke werden benötigt #RefugeesWelcome [11m]

@AlJazeeraBalkan: Ugrozena egzistencija ribara u Crnoj Gori ajb.me/zz8i [11m]

@LilaAntifaWien: Wer in Erdberg-Nähe ist: Busse mit Refugees aus Serbien kommen um ca. 18:00 an. Bringt z.B. Verpflegung mit #RefugeesWelcome [13m]

@Anarchata: In USA gab's heuer durchschn. fast drei Tote bei Polizeieinsätzen – täglich. Auch von vorne & ins Gesicht abgeknallt dailydose.org/story/200388 [13m]

@_fuerst_: Twitter ist viel mehr Stammtisch, als es gerne zugibt. [14m]

@borderstop: Serbian police left central bus station, de facto allowing refugees to travel on #RefugeesWelcome [14m]

@borderstop: for now, buses seem to be allowed to cross border to e.g. Croatia if not too full [14m]

@Taeubchen: vegane Cupcakes mit @isstrauss <3 [2h]

@isstrauss: <3! ;) [14m]

@MichiSchachinger: Warum bin ich eigentlich nicht einfach Youtuber geworden? Das ist *das* Business für junge Leute. [14m]

@sichtum: Als Andenken an meine Liebschaften behalte ich gerne einen ausgeschlagenen Zahn. [14m]

@OanaNader: Warum Punks immer Hunde haben? Katzen sind zu punk für Punks. [14m]

@pentamica: Tiger und das Meer kann man nicht computeranimieren. [14m]

@KaltlandNews: die Polizei bestätigt: Feuer in Geflüchtetenunterkunft #Edelweiß wurde gelegt #Kaltland [14m]

@OanaNader: Ehrlich, ich habe nie verstanden, warum ausgerechnet Punks unbedingt so unterwürfige Tiere wie Hunde haben müssen. [15m]

@noeaktuell: Überblick zu Spendenmöglichkeiten für Flüchtlinge facebook.com/noeaktuell/posts/739793002833429 [16m]

@Epigonist: Gönnerei. pic.twitter.com/CMpRUZNoDD [17m]

@AlJazeeraBalkan: prve izbjeglice iz sirije stizu u hrvatsku ajb.me/67u7 [17m]

@pentamica: Den größten Hass überhaupt empfinde ich meiner Cousine gegenüber, die mich im Meer so lange untergetaucht hat, dass ich gerade nicht ertrank. [18m]

@AnnaLenaRoemer: Ich war heute in noch keinem einzigen öffentlichen Verkehrsmittel, das keine Verspätung hatte [18m]

@B_Runter: schwarzer Humor pic.twitter.com/0XBODSLzGG [19m]

@WienerLinien: Derzeit kommt es auf der Linie D zu unterschiedlichen Intervallen. #wlvi [19m]

@Demagogirl: ☺ Alles ist lächerlich, die Erde wird irgendwann von der Sonne geschluckt und das Universum steuert auf seinen Wärmetod zu! ☺ Bussi

@Ata_han: wenn Odysseus überall Visa hätte beantragen müssen, hätte er sicher gesagt: nope, ich bleibe einfach daheim, wtf ist der Scheiß bitte [20m]

@Ata_han: wieso muss das mit den Behördengängen immer so eine Odyssee sein [20m]

@wuffze: a drunk milky stare, like some lazy summer day's drool [20m]

@das_Oehr: ASMR – der neue Entspannungstrend wirkt skurril, kann aber heilsam sein, sagen Experten dasoehr.at/story/78xj89 [20m]

@beautywithaknife: neuer Blogtext online, diesmal zum Thema Waxing beautywithaknife.tumblr.com/post/087567835678/charlotte-roche-hat-keinen-damenbart [21m]

@DaphniBrunner: RT @das_Oehr: Sex im Alter(sheim) – (wie) geht das? Unsere Reportage über Sex und Sexarbeit innerhalb von Institutionen und Heimen dasoehr.at/story/899j8j [2d]

@AlexSturm: Hach. Feierabend, Sonne, eine leichte Brise und das liebliche Geräusch der im Vorzimmer Haarbälle aufstoßenden Katze. [22m]

@LouisDaum: Die Sonne scheint mir ins Hirn. [22m]

@Paragon: Die Gedanken liegen regungslos in der Sonne. [24m]

@pentamica: Meer, du Arschloch, was träume ich auch noch von dir. [48m]

Nikolina Matić
geb. Ursić

Von unserer geliebten Verstorbenen verabschieden wir uns am 14.07.2015 um 15:45 Uhr auf dem Lovrinac-Friedhof. Es trauern die Mutter Anka, Gatte Petar, Tochter Nina mit Gatten Helmut und Kindern Ivan und Chiara, Tochter Dina mit Jürgen, Bruder Nenad mit Gattin Helga und Sohn Danijel, Schwager Marko, Ilija und Peter, Schwägerinnen Ana und Heide mit ihrer Familie und alle anderen Verbliebenen der Familie.

Ruhe in Frieden mit Gott.

beautywithaknife.tumblr.com/post/770900213214/eine-analyse-der-verwandtschaftsverhaeltnisse-zwischen-loechern-und-knoepfen

Eine der gewaltigsten Lügen, die so erzählt werden, ist, dass Pickel nach der Pubertät wieder weggehen. Nein, du wirst dein ganzes Leben lang Pickel haben, und darauf solltest du eingestellt sein.

Ich, ich habe zum Beispiel Akne. Akne und Pickel zu haben ist nicht dasselbe, aber das musst du auch erst mal herausfinden. Also, begonnen hat es eben in der Pubertät, so mit zwölf oder dreizehn, dass mir im Gesicht so große rote Pusteln gewachsen sind, solche, die erst einige Tage reifen müssen, ehe man sie ausdrücken kann. Ich hatte also eher weniger Mitesser – das sind die mit den schwarzen Köpfchen, die „blackheads“ genannten verstopften Poren – als fiese unterirdische beziehungsweise subkutane Eiterknötchen. Am Anfang, wenn man ganz neu ist im Pickelbusiness, da bohrt und drückt man immer so rum an den Dingern, die manchmal schon lange, bevor sie reifen oder überhaupt auf der

Hautoberfläche sichtbar sind, wehtun, jucken oder kitzeln. Und später, wenn man sich schon besser auskennt, drückt man noch mehr herum, nur genauer und effektiver. Dass das Ausdrücken eher kontraproduktiv ist, sagen einem alle, immer – Magazine, Bücher, Freund_innen, Google, das gesamte Internet und natürlich die Eltern. Und dann, nachdem sie das gesagt haben, gehen sie ins Bad, finden am Haaransatz einen Pickel und drücken sofort daran herum. Ja, auch Mamas und Papas haben Pickel. Und wer sagt, dass er oder sie nie herumdrückt, lügt. Lügt sich an oder lügt dich an, ganz einfach. Das ist so wie mit der Angst vor dem Tod. Die, die sagen, sie hätten keine, lügen einfach.

Die roten Pusteln werden beim Hervor-, Zer- und Erdrücken dann zu mehr oder weniger kleinen runden Wunden, die, wie man Sekunden nach dem Drücken einsieht, noch viel schlimmer aussehen als die Pickelrötungen oder sogar die Eitergipfel im Zentrum von Pickelrötungen. Ich habe noch Fotos von einem Urlaub in Norwegen mit meinem Vater, da habe ich überall eine riesige Kruste am Kinn. Die habe ich komplett selbst verursacht. Wenn ich die Eiterkammer einfach in Ruhe gelassen hätte, hätte mir das nicht geblüht.

Ich erinnere mich noch an einen ganz besonderen Drückmoment in meinem Leben, der auch in diese erste, anfängliche Pickelzeit zurückführt: Ich saß auf dem Weg zur Schule in der Straßenbahn auf einem der Plätze, die für Ältere, Schwangere oder Behinderte gedacht waren – ich wäre aber aufgestanden, wenn ihn jemand gebraucht hätte, ich war ein höflicher Pseudopunk – und hielt einen kleinen Make-up-Spiegel in der linken Hand und zwickte mit der rechten Hand in meinem Gesicht herum. Plötzlich sprach mich jemand an – eine Schulkollegin oder ein anderer junger Mensch, den ich kannte. Ich zuckte zusammen und packte schnell das Pickeldrückutensil und den Pickeldrückgesichtsausdruck weg, um mich mit der Person über Banales zu unterhalten. Schon damals hasste ich es, Bekannten auf der Straße oder in öffentlichen Verkehrsmitteln zu begegnen. Ich bin eine von denen, die Straßenseiten wechselt, wegläuft, in einen anderen Waggon steigt oder sich wie eine Geheimagentin vor alten Bekannten versteckt, wenn sich die Wege zufällig kreuzen. Ich sage jetzt nicht, ich hasse Small Talk, weil das alle Leute sagen, die Smalltalk führen. Ich hasse die Vergangenheit, Small Talk ist nur eines ihrer vielen Symptome.

Auf jeden Fall plauderte ich mit dieser Person wahrscheinlich über Schule oder Musik – damals dachte ich noch, dass ich Rockstar werde –, als mir plötzlich etwas das Kinn hinunterlief. Ich fasste mir mit der Hand ins Gesicht: Blut. Richtig viel Blut, sogar. „Ahhh", ärgerte ich mich und kramte gleich in meiner viel zu unpraktisch tief hängenden schlabbrigen Tasche nach einem Taschentuch, wischte dabei das Blut von der Hand in die schwarze Hose. „Oh, äh", sagte die andere Person, „du hattest da die ganze Zeit was am Kinn, so eine rote Kugel in der Mitte, ich dachte, das ist ein Piercing." Das heißt, ich hatte mich die ganze Zeit mit einer Person unterhalten als wäre nichts, während in meinem Gesicht ein durchs Pickeldrücken verursachter Blutstropfen immer größer und größer geworden war, ehe die Oberflächenspannung endlich nachgegeben hatte und er sich über mein Kinn verabschiedete. Die andere Person dachte wohl, ich sei cool, so jung schon mit dem Piercing und allem. Dabei war es nur Pickelblut. Das war eine dieser peinlichen Situationen, die dich noch Jahre oder Jahrzehnte danach heimsuchen, an die du dich aus dem Nichts heraus plötzlich erinnerst, und in egal welchem zu dieser Situation in keinem Zusammenhang stehenden Umstand du gerade bist – du bekommst einen roten Kopf und dir wird ganz heiß. Die nächste große Lüge ist nämlich, dass Zeit irgendwelche Wunden heilt, dass Dinge auch vorbeigehen. Bepanthen heilt Wunden, vorbeigehen tut nichts.

Wenn man einmal verstanden hat, dass alle Beauty-Produkte im Grunde in drei Kategorien einzuteilen sind – Fett, Wasser und Seife – dann lebt es sich gleich viel leichter. Kein Scherz: Im Grunde sind alle Cremes, Gesichtswässerchen, Peelings, Duschgels, Shampoos und so weiter vom Aufbau her gleich, sie unterscheiden sich nur durch die Verpackung und die Geruchsstoffe. Es gibt keine Shampoos für trockene Haare, gegen spröde Spitzen oder zum intensiven Aufbau. Es gibt einfach Shampoos (Kategorie Seife), die verschieden riechen und von verschiedenen Herstellern in verschiedenen Wasser-Seife-Trägermittel-Verhältnissen zusammengemixt sind. Genauso gibt es keine Anti-Pickel-Reinigungswasser (ebenfalls Kategorie Seife) oder Anti-Aging-Cremes (je nach Mischverhältnis Kategorie Fett oder Kategorie Wasser). Selbst wenn sich die Produkte so differenzieren würden, wie die Werbung dafür behauptet, dann könnte man mit Anti-Pickel-Gesichtswasser Pickeln trotzdem nichts entgegensetzen. Denn Akne ist kein Hautoberflächenproblem, sondern ein Talgdrüsenproblem. Egal, was ich auf die Hautoberfläche schmiere – also von außen zufüge –, meine Talgdrüsen können trotzdem genauso geil darauf sein, mehr Talg zu produzieren, als das aktuelle Schönheitsideal erlaubt. Wegen der ständigen Clearasil-Werbung im Fernsehen sitzen so viele junge Menschen täglich länger, als ihre Familien es für angemessen halten, im Badezimmer und schmieren sich wie verrückt ein, während sie eigentlich beim Hautarzt oder bei der Hautärztin sitzen sollten. Denn Akne ist nicht, wie die Fernsehwerbung suggeriert, ein leicht unangenehmes Hoppala, sondern eine Krankheit, die medizinisch behandelt werden kann oder soll.

In ärztlicher Behandlung bekommt man wahrscheinlich zunächst ein Antibiotikum namens Doxyderm verschrieben; dazu gibt es eine azelainsäurehaltige Creme namens Skinoren und ein alkoholhaltiges Gesichtswasser. Diese Kombination wird einige Wochen lang zusammen eingenommen beziehungsweise aufgetragen und führt bei einigen Patient_innen schon zu einer Besserung. Doch manchmal kommt es bei der Behandlung mit dem Wirkstoff Doxycyclin, der in Doxyderm oder anderen Tabletten enthalten ist, zu einem Rückfall, sobald das Medikament abgesetzt wird, oder es bringt von Anfang an nicht die gewünschten Resultate. Das kann sehr frustrierend sein, weshalb ich gleich zu einer Behandlung mit Ciscutan rate.

Ciscutan, im englischen Sprachraum Accutane genannt, ist der Medikamenten-Name für den Wirkstoff Isotretinoin. Die Ciscutan-Dosis ist vom Gewicht abhängig und die Therapie wird zunächst auf ein halbes Jahr angesetzt. Da Ciscutan schwere Nebenwirkungen verursachen und in der Schwangerschaft verheerende Schäden nach sich ziehen kann, wird es von Ärzt_innen entweder nur bei sehr schwerer Akne, nach mehreren fehlgeschlagenen Behandlungsversuchen oder bei großer Verzweiflung verschrieben. Manche Menschen werden nach einer Behandlung mit Ciscutan wieder rückfällig, dann muss meistens ein neuer Durchgang her. Doch trotz allem ist Isotretinoin die beste und wirksamste Art, Akne und Pickeln entgegenzuwirken. Alle Hausmittelchen und Binsenweisheiten, beispielsweise dass Zucker, ungesunde Ernährung oder Schokolade für Pickel verantwortlich sind, sind verzweifelte Versuche, Kinder zu erpressen, gesünder zu essen. Bei der Therapie mit Ciscutan verringert sich die Größe der Talgdrüsen und dadurch normalisiert sich das Hautbild. Schon nach einigen Wochen kann eine beachtliche Verbesserung zu sehen sein, allerdings müssen Patient_innen während der Behandlung mit Trockenheit und Schuppen an Haut, Mund und Lippen, mit Juckreiz, Rötungen und Schleimhautentzündungen rechnen. Ich hatte bei meiner Ciscutan-Behandlung beispielsweise ständig Nasenbluten und eine blutige Nasenschleimhaut. Aber lieber Nasenblut als Pickelblut, dachte ich mir. Das Nasenblut ist nicht geflossen, sondern nur in Form von blutigem Rotz und Popeln in meiner Nase gelegen, also überhaupt kein Stress.

So ist das bei den Menschen, man muss um jeden Preis verhindern, dass irgendetwas Substanzielles unkontrolliert herauskommt, besonders aus dem Gesicht. Deshalb finden ja die meisten Menschen Pickel eklig – wegen des Safts, der herauskommt. Mir geht es da anders. Ich finde Pickelausdrücken und Talg beziehungsweise Eiter gar nicht eklig – im Gegenteil, besonders anderen Leuten drücke ich liebend gern die Pickel zum Beispiel am Gesicht oder am Rücken aus. Ich habe auch kein Problem mit großen und besonders saftigen Pickeln. Ich denke mir oft, dass es viel praktischer wäre, irgendwo auf der Haut, am Oberschenkel zum Beispiel, einen einzelnen riesigen Pickel zu haben, der die gesammelten Pickelsäfte des Körpers enthält, anstatt lauter kleine Pickel überall verteilt zu haben. Mich stört eben eher die Anordnung von vielen kleinen, nur wenig gefüllten Höhlen oder Poren. Beim Gedanken an solche gleichmäßigen löchrigen Strukturen muss ich mich schütteln vor Ekel. Ein Beispiel sind Bienenwaben oder Lotuskapseln.

Ich kann mich auch noch genau an eine Baustelle erinnern, die ich auf dem Weg zur Schule überqueren musste. Da wurde unterirdisch an einem Parkplatz gebaut und über die große Grube war eine Brücke gebaut. Die Brücke bestand aus länglichen metallischen Streben, die überall kleine Löcher hatten – wahrscheinlich damit sich kein Wasser sammelte. Doch nach mehreren Monaten waren viele dieser Löcher in den Brückenmetallstreben mit Steinchen, Essensresten, Zeitungsfusseln und anderen, nicht mehr erkennbaren kleinen Dingen gefüllt. Alleine darüber zu schreiben verpasst mir sofort eine Kopfgänsehaut. Über diese Brücke musste ich jedenfalls täglich gehen und es war schwer, nicht unabsichtlich auf den Boden oder auf die eigenen Schuhe zu blicken und die gefüllten Metallporen zu erspähen. Das nächste Problem an dieser Brücke war, dass sich die

Inhalte der Metallporen naturgemäß auch in den Rillen der Schuhe wiederfanden. Und auch wenn es nur ein kleines Steinchen ist, wenn ich etwas aus dem Profil meiner Schuhe herausputzen muss, wird mir ebenfalls wegen des Porenekels schlecht.

Trypophobie heißt diese Form von Ekel – wie glücklich ich war, als ich herausfand, nicht die einzige mit dieser Abneigung zu sein! Ich habe bestimmt eine sehr intensive Form der Trypophobie, denn bei mir geht es so weit, dass ich in Ohnmacht falle, wenn ein Fremdkörper wie etwa ein Schiefer in meiner Haut steckt. Löcher in der Haut sind nämlich das Schlimmste. Naturgemäß habe ich da auch Angst vor Spritzen. Und das ist auch der Grund, warum ich keine durchstochenen Ohren habe. Meine Mutter wollte sie mir als kleines Baby nicht durchstechen lassen, weil sie meinte, das sollte ich später selbst entscheiden. Und wenn ich heute sehe, wie sich meine Mutter einen Ohrring durch das Läppchen zieht und hin und her fummeln muss, damit das Metall durch das Loch kommt, dann kommt mir alles hoch.

Manche Leute haben ja auch Pickel in den Ohren, das sind die einzigen Pickel, die ich tatsächlich eklig finde. Wobei eigentlich sind es ja öfter Mitesser, die dann etwa bei älteren Leuten in der Ohrmuschel sitzen. Die sind ganz schwer zum Ausdrücken, weil das Terrain so unwegsam ist.

Und der neueste heiße Scheiß ist es, sich das Ohrenwachs aus den Ohren herauszuputzen. Nicht nur so mit dem Ohrenstäbchen nach dem Duschen, wie wir es alle machen, obwohl wir wissen, dass man mit den Stäbchen nur das Außenohr putzen darf und sie auf gar keinen Fall in den Gehörgang schieben soll – nein, viel gründlicher als das. Da gibt es mehrere Methoden, die in den letzten Jahren aufgekommen und modern geworden sind. Zum einen gibt es elektrische Sauggeräte, die an einem Ende einen kleinen Gummitrichter haben, in dem sich das ausgesaugte Ohrenwachs sammelt. Diese Trichter sind austausch- und waschbar, die Prozedur und die Handhabe des Geräts ganz einfach. Alle können das zu Hause alleine machen. Schwieriger ist es da schon, mit sogenannten Ohrenkerzen zu arbeiten. Das sind ebenfalls Trichter, nur viel größer, zwischen zehn und zwanzig Zentimetern lang. Und in diesen Papiertrichtern befindet sich eine Kerze. Der Unterteil der Trichter wird ins Ohr gesteckt und die Kerze wird angezündet – das erzeugt einen Unterdruck, der angeblich das Ohrenwachs langsam aus dem Ohr herauszieht. Wegen den Wachstropfen sollte man da allerdings seitlich liegen beziehungsweise Hilfe zurate ziehen. Daher bieten diese Ohrenwachsschröpfung auch Beauty-Salons an. Ärzt_innen sagen, dass diese Behandlung überhaupt nichts bringt und dass das am Ende unten im Trichter gefangene braun-gelbe Sekret gar kein Sekret ist, sondern Kerzenwachs. Diese Theorie wäre einfach zu überprüfen, wenn man bunte Kerzen als Ohrenkerzen verwenden würde, aber wenig überraschend gibt es Ohrenkerzen nur in Weiß oder Beige.

Wer ganz sichergehen will, beim Ohrenputzen nicht übers Ohr gehaut zu werden, muss zu Hals-, Nasen- und Ohrenspezialist_innen gehen. Diese haben drei verschiedene Methoden, um überschüssiges Wachs aus den Ohren zu holen: Entweder sie putzen es mit besonderem Besteck heraus, so wie man es selbst gerne mit einem

Ohrenstäbchen machen würde – das ist die befriedigendste Variante. Alleine schon, wenn der Ohrenarzt mit dem Licht ins Ohr schaut, bekomme ich Gänsehaut – angenehme Gänsehaut. Die ist nicht zu verwechseln mit Kaltgänsehaut oder Ekelgänsehaut! Kaltgänsehaut ist meistens auf den Oberarmen und der Brust. Das ist auch die, wo die Nippel ganz steif werden. Und bei Ekelgänsehaut bekommt man eher Gänsehaut am Kopf, also auf der Kopfhaut, auf den Wangen und am Hals. Und angenehme Gänsehaut ist ganz sanft, ein wenig auf den Unterarmen, und beim Ohrenputzen auch ein wenig im Ohr drinnen. Die Gehörgang-Härchen stellen sich auf, wenn die Ärzt_innen mit dem Lichtwerkzeug hineinschauen, ganz als würden sie zum Appell antreten. Und die Geräusche vom ärztlichen Ohrenputzen sind wohlige, die die angenehme Gänsehaut verstärken, besonders dadurch, dass man spürt, wie man graduell wieder besser hört.

Die zweite Methode ist das Ausspülen mit Wasser. Da gibt es wieder ein bestimmtes Werkzeug, das habe ich mir aber nicht so genau angeschaut. Auf jeden Fall wird es ins Ohr gesteckt und Wasser wird in den Gehörgang gespritzt. Das Wasser hat einen ziemlichen Druck drauf, und es fühlt sich so an, als würde es bis ins Gehirn schießen. Einmal hat das ein Arzt bei mir auch so gemacht, dass er zuerst Watte mit irgendeinem Öl in mein Ohr gesteckt hat, um das Ohrenwachs aufzuweichen. Da musste ich dann zwei Stunden mit der Ölwatte im Ohr warten, bevor er mir das Ohr dann mit Wasser ausgespült hat. Das dauert immer unterschiedlich lang, je nachdem, wie verstopft das Ohr ist, und zwischendurch leuchtet der Arzt immer wieder mit seinem Licht hinein, um den Stand zu kontrollieren.

Und zuletzt gibt es das professionelle Aussaugen. Im Prinzip funktioniert das wie die Sauggeräte, die es für zu Hause gibt, aber der Druck, der dabei erzeugt wird, wird zur Sicherheit ständig gemessen. Man hört fast gar nichts, weil der Kopf des Gerätes den Gehörgang abschließt, nur vielleicht dumpfes Knacksen. Das ist irgendwie so wie das Gefühl, wenn sich die Ohren im Flugzeug verstopft anfühlen. Die sind dann natürlich gar nicht verstopft, sondern das Trommelfell ist, je nachdem, ob Auf- oder Abstieg, nach innen oder nach außen gewölbt, weil es zwischen Körperinnerem und der Außenwelt einen starken Druckunterschied gibt. Ähnlich ist das beim Tauchen – da macht man dann eben den Druckausgleich, indem man durch Druckausübung auf die Eustachische Röhre hinter dem Ohr diese öffnet und die Außenluft auch von innen an das Trommelfell trägt.

Das Trommelfell ist eine sogenannte Membran. Das kommt von dem lateinischen Wort für Häutchen. Eine Trennschicht ist eine Membran immer, aber es gibt auch semipermeable – das ist jetzt das lateinische Äquivalent zu „teilweise durchlassende“ Membranen, da kann ich mich genau daran erinnern, weil mich die Bilder im Biologiebuch dazu immer so angeekelt haben. Da ist dann nämlich meistens so eine dünne Schicht aufgezeichnet, wie eine Scheibe Käse mit gleich großen Löchern. Und rechts und links davon sind verschiedene Moleküle, meist als verschieden große Kügelchen dargestellt. Und naturgemäß können nur bestimmte Kugeln durch den Membrankäse durch. Diffusion nennt man das. Für mich mit meiner Loch- und Lochstopfangst war das natürlich der Horror.

Anekeln tun mich übrigens auch Knöpfe, und ich denke, das eine hat mit dem anderen etwas zu tun. Wenn Trypophobie die Angst vor Ansammlungen von Löchern (und Ansammlungen von Füllungen) ist, dann ist eine Angst vor Knöpfen im Prinzip dasselbe, nur in die andere Richtung. Ich will, dass Oberflächen glatt und konstant sind, da stören alle Ungleichmäßigkeiten, Knöpfe wie Löcher. Sieht man eigentlich schon an den Ö-Wörtern, dass die Begriffe mit runden Öffnungen zu tun haben und verwandt sind. Österreich.

Menschen können einander gar nicht berühren. Die Atome, aus denen zum Beispiel Haut zusammengesetzt ist, kommen nie miteinander in Kontakt, weil sie jeweils von Elektronen umgeben sind. Und diese Elektronen sind nicht etwa in Schalen oder auf fixen Bahnen um die Atomkerne unterwegs, sondern befinden sich in einer sogenannten Aufenthaltswahrscheinlichkeit um den Atomkern herum. Man spricht von einer Elektronenwolke, die den potenziellen Aufenthaltsraum rund um den Atomkern umfasst und je nach Ort und Energieniveau höhere oder niedrigere Aufenthaltswahrscheinlichkeiten aufweist.

Menschen können einander nicht berühren, sie sind nur eine Menge an Wahrscheinlichkeiten, die aufeinandertreffen.

Auf der weit draußen in der Adria, fast auf halbem Wege nach Italien, liegenden Insel Vis hatte Jugoslawien einen seiner wichtigsten Militärstützpunkte. Unter anderem gab es dort mehrere Raketenlager, unterirdische Raketenwerfer-Parkplätze, die so groß waren, dass ganze Hügel abgetragen und wieder aufgeschüttet werden mussten, Radar- und Kommunikationsknotenpunkte sowie einen Atombunker. Der Atombunker war tief in den Berg gebohrt und sollte einem Atomangriff in unmittelbarer Nähe standhalten können. In der Realität wäre wohl die gesamte Insel Vis untergegangen oder hätte sich in Staub aufgelöst, wenn sie eine Atombombe getroffen hätte. Doch die Realität interessierte wenig auf einem Militärstützpunkt wie diesem. Auf der Insel war es wohl größtenteils darum gegangen, Übungen und Vorbereitungen durchzuführen und die Soldaten zu beschäftigen, damit sie nicht auf dumme Ideen kamen. Selbst wenn allfällige Atombomben nicht die Insel selbst, sondern beispielsweise die nächste große Stadt Split getroffen hätten, hätte sich die Frage der Sinnhaftigkeit einer solchen Einrichtung gestellt. Denn selbst wenn man die Explosion überlebt hätte, hätte man dann erst einmal auf die Insel Vis kommen müssen – per Schiff wäre dies wohl schwierig und gefährlich gewesen nach einem solchen Einschlag. Per Helikopter oder Flugzeug wäre eine solche Reise schon eher denkbar gewesen, allerdings war der Flugplatz auf Vis nie in sonderlich gutem Zustand gewesen. Sagen wir, eine Atombombe hätte Split getroffen und der große Marschall Tito wäre in Jugoslawien gewesen, auf einer der benachbarten Inseln, in einer seiner vielen Residenzen im Gebiet. In dem Moment, wo er nahe genug gewesen wäre, um Vis erreichen zu können, wäre er entweder schon tot oder stark verstrahlt gewesen. Wenn er sich weit genug von einem Angriff weg befunden hätte, um zu überleben und gesund zu bleiben, hätte es keinen Grund mehr gegeben, sich ins Gefahrengebiet oder in einen abgelegenen Bunker zu begeben. Überspitzt gesagt: Um den Bunker sinnvoll nutzen zu können, hätte man sich ständig in ihm aufhalten müssen. Unter den vielen Gesteinsschichten und den zusätzlichen Betonmauern, die in die Ein- und Ausgänge gegossen worden waren, um die Strahlung abzuhalten, konnten mehrere Dutzend, wenn nicht Hunderte Menschen in Deckung gehen und überleben. Wie lange, war reiner Spekulation überlassen. Die langen Gänge – der längste maß etwa 700 Meter – zwischen den kleinen Schlafräumen und den Munitionslagern und Maschinenräumen waren beengt, selbst die einzige wohnliche Einheit, Titos „Apartment", war sehr klein; sein Schlafzimmer maß nur etwa drei mal drei Meter und der atomare Generalssitz war daher kaum größer als eine klassische Wiener Gemeindebauwohnung der Zwischen- oder Nachkriegszeit.

Selbst bei einem idealen Atomschlag, wenn also Tito eben in dem Moment, in dem die Bombe heruntersauste schon im Bunker drinnen gewesen wäre auf Besichtigung oder um seine Wohnung einzurichten oder um Befehle zu geben oder was ein General eben in einem Bunker tat, selbst für diesen Fall ließ diese Konstruktion viele Fragen offen. Zum Beispiel: Was würde nach der

Explosion kommen? Um die mit nichts anderem vergleichbare vernichtende Kraft von Atombomben hatte die jugoslawische Armee jedenfalls spätestens nach 1945 Bescheid gewusst. Auch die Dynamiken des Kalten Krieges und seiner *mutual assured destruction* konnten einer der größten Armeen und einem der schlauesten Feldherren nicht entgangen sein. Hätte Tito in seinem Bunker einen Atomschlag überlebt, aber alles andere – die Inseln, Kroatien, ganz Jugoslawien – wären dem Boden gleichgemacht geworden: Was wäre dann gewesen? Was wäre nach dem Überleben gekommen? Was war schon ein General ohne seine Generalisierten?

Dasselbe Problem hatten alle Präsident_innen, Diktator_innen, Generäl_innen (öfter Synonyme füreinander, als den meisten Menschen lieb war) und andere Anführer_innen, die für den Fall des Falles gerüstet gewesen wären. Was würde nach ihrer Rettung kommen? Unendlich lange würden sie nicht in ihren Bunkern ausharren können, jeder Nahrungsmittelspeicher wurde einmal leer. Dann würde es nur mehr zwei Möglichkeiten geben: aus dem Bunker herauskommen, sich auf einer nach einem Weltatomkrieg vollkommen unfruchtbar gemachten Erde wiederfinden und zerstreut über die ganze Welt, wie die Bunker für die Staatsoberhäupter so waren, isoliert, jede und jeder für sich, den Rest ihres wahrscheinlich eher noch kurzen Lebens beobachten, was sie angerichtet hatten. Oder sie würden nach einiger Zeit aus dem Bunker kommen und sehen, dass nicht die Welt, sondern nur ihr eigenes Land zerstört war. In welchem Falle es strahlensonnenklar sein würde, dass es immer nur um sie selbst gegangen war. Und vielleicht wäre das die gerechte Strafe. Gute Führer_innen brauchten keine Bunker.

From: lara.voljic@gmail.com
To: paragon@gmx.at
Subject: Youtube-Übersetzung
Date: Do, 8. Aug 09:50:04

Hej!
Hier meine Übersetzung von dem Youtube-Video, das dich interessiert hat (https://www.youtube.com/watch?v=XGHZGFXP-ag). Ich hab nicht so viel Zeit, deshalb habe ich es ganz schnell gemacht und deshalb ist es auch nicht so genau. Aber ich glaube, du verstehst trotzdem, worum es geht.

Falls du irgendwelche Stellen genauer übersetzt haben willst, sag Bescheid!

:) Lara

Tito in Bugojno

„Wenn ich mir jetzt diese Orte anschaue, wo ich früher war, damals, '42, als wir dort gekämpft haben [kad smo ratovali] ... Dort war nicht einmal ein Haus, dort war nur eine kleine [???]. Heute ist das ganze Tal voller neuer Häuser. Alles ist elektrifiziert. Bugojno ist eine Stadt, nicht mehr ... Nicht mehr ein [???], eine Stadt mit großen Plattenbauten, Fabriken und so weiter. Das ist historisch gesehen eine ganz kurze Zeit, 30 Jahre, in denen das Volk so viel erreicht hat. Es versteht sich, dass das uns, die wir das beobachten, noch mehr Elan gibt, alles zu tun, was wir nur irgendwie können, damit das Volk zufrieden und [???] bleibt."

„Bugojno, Zentralbosnien. Zwischen den Städten Gornji und Donji Vakuf auf circa 550 Metern über dem Meeresspiegel, umgeben von den Bergen Kalin und Stožer. Nach dem Zweiten Weltkrieg wuchs Bugojno zum Zentrum der Region an. Im sozialistischen Jugoslawien war es bekannt als eine der Residenzen des Präsidenten Josip Broz Tito. Später wurde enthüllt [besseres Wort, eher wie bekannt], dass sich hier auch ein unterirdischer Atom-/Sicherheitsbunker der Leitung [Fachterminus] der SFRJ für den Fall eines weiteren Krieges befand. Während seines Lebens kam Tito genau 17 Mal nach Bugojno, wo er sich – außer der Jagd – auch verschiedenen offiziellen [staatlichen?] Aktivitäten [Arbeiten?] widmete. Die alten Bewohner und Bewohnerinnen sagen heute noch gerne, dass Bugojno seine Lieblingsstadt war. Hier verbrachte er 165 Tage, was länger ist als auf den Brioni oder in Karadjordje. Geschichtsprofessor Mirsad Bušatlija, Autor des Buches „Die Geschichte Bugojnos", in dem er ein eigenes Kapitel nur der Villa Titos gewidmet hat, sagt, dass die Besuche des Präsidenten Jugoslawiens zu tun haben [??? podudaraju] mit dem jähen Wachstum der Stadt, welche sich kurz danach, was die Lebensqualität und den Wohlstand angeht, auf dem vierten Platz im Lande fand.

Gastgeber (domaćin, so was wie *host* auf Englisch) war Mikulić, ein großer Patriot, in der Stadt zuständig für die Entwicklung. Er sagt, dass Tito vieles nach Bugojno gezogen hat. Manchmal blieb er auch 15 Tage am Stück in der Stadt. Die Villa war ein Ferienhaus, aber dort empfing Tito auch Staatsoberhäupter und hohe Beamte [??? državnike]. Ständig sprach er davon, dass es hier den qualitätsvollsten Traum [Schlaf?] gebe. Auch heute gibt es noch die Waldwege, auf denen er spaziert ist und welche er auf der Jagd gebrauchte. Bugojno hatte früher eine schlaue/intelligente/weise lokale Führung, die Tito in diese Gegend zog/rief. Er wusste das auf seine ganz spezielle Art und Weise zu schätzen. Die Villa „Gorica" wurde 1968 errichtet und an Titos Geburtstag 1984 posthum zum Museum mit dem Namen „Tito u ovom kraju" [Tito in diesem Winkel/dieser Gegend] umgewandelt. Sie war sehr imposant und das Umland immer ein Thema, wenn Tito Freunde und Freundinnen und Staatsoberhäupter aus der ganzen Welt um sich versammelte. Es gibt eine Theorie, nach der Saddam Hussein seine Bunker in Bagdad nach Plänen von Titos Unterschlupf unter der Villa gebaut hat. Angeblich haben auch amerikanische Spezialisten den Atombunker besucht. Allerdings wurde die Existenz dieser unterirdischen Räume [???] nie offiziell bestätigt. Titos Villa auf der Koprivnica, die sich zwischen Bugojno und Kula befindet, ist etwas älter als die auf der Gorica. Die alten Bugojner und Bugojnerinnen rühmen sich damit, dass es eines der schönsten Jagdreviere Europas ist. Tito hat auch hierher Staatsmänner und -frauen eingeladen und Treffen abgehalten, in denen ernsthafte Fragen der Weltpolitik diskutiert wurden. Weil Bugojno als eines von Titos

Lieblingsrevieren bekannt [???] war, bekam er oft Jagdgewehre geschenkt. Von 167 Gewehren, die 2008 bei der Ausstellung „Titos Gewehre“ im Museum Jugoslawischer Geschichte ausgestellt wurden, sind nur 67 erhalten. [???] Titos Leidenschaft für das Jagen war allseits bekannt. Das war und blieb [???] seine wahre Liebe. Wie sehr die Bugojner und Bugojnerinnen Tito liebten, zeigt eine Anekdote, die auch heute noch erzählt wird. Der damalige Bürgermeister, Stjepan Domaćinović, soll eines Tages zu Tito gesagt haben: „Genosse Tito, mach dir keine Sorgen. Solange es uns Bugojner und Bugojnerinnen gibt, wird es auch Bären geben. Als ihm Ärzte in den 70er-Jahren des letzten Jahrhunderts zu einer strengeren Therapie wegen seiner immer schlechteren Gesundheit rieten, nahm er deren Rat an – aber nur unter der Bedingung, dass ihm Jagd und Erkunden der Umgebung gestattet würden. Tito ging extra nach Bugojno wegen der Bären, von denen es dank der Planwirtschaft besonders viele gab. Als er von einem Stand aus eine Horde von 17 Bären erblickte, rief Tito begeistert: „Erhaltet das! Das gibt es nirgends in Europa!“ Auf Weibchen hat er nie gezielt. Er weigerte sich, eine hellgraue Bärin zu erschießen, auch wenn sie besonders alt war. Bei der Schwarzbärenjagd war Tito nie in Eile. [???] Er hatte Adleraugen und eine ruhige Hand. Das Resultat waren vier erlegte Bären, von denen einer 1977 in Marseille ausgestellt wurde und hoch bewertet wurde, sodass er eine Zeit lang sogar Weltmeister war. [???] Dieser Bär hatte eine 15,5 Zentimeter breite Pranke. Einige der Gegenstände, die Titos Vitrinen zierten, sind auf dem Schwarzmarkt erhältlich, unter anderem auch die Braunbär-Trophäe [oder Trophäe des Bären].

Die Malerei hingegen, so wissen die Experten und Expertinnen, ist schwieriger zu beurteilen, weil sie keine messbaren Resultate liefert. Der bekannteste Maler muss nicht der beste sein, und die Malerin mit den meistverkauften Bildern ist nicht unbedingt die einflussreichste. Der wahre Wert einer künstlerischen Hinterlassenschaft [Erbe?] ist nicht ermittelbar. Tito hatte ein hoch entwickeltes Verständnis von Kunst und kritisierte oft abstrakte Malerei, die nicht den Standards des damaligen Jugoslawiens entsprach. Seine Lieblingskünstler und -künstlerinnen haben alle seine Residenzen mit ihren Werken geschmückt. Wenn er nicht gerade im Sitzungssaal oder auf der Jagd war, posierte Tito in Bugojno Malern und Malerinnen sowie Bildhauern und Bildhauerinnen dieser Zeit. Sie bemühten sich mit all ihren künstlerischen Gaben, ihn gebührend [und] selbstbewusst darzustellen – genau so, wie Josip Broz auch tatsächlich war. Den letzten Besuch Titos in Bugojno krönt ein Foto mit der gesamten Belegschaft Mile Gorice.

Am 26. November 1976 war Tito das letzte Mal zu Besuch in Bugojno. Die razdragani [???] Städter und Städterinnen verabschiedeten ihn mit den Rufen: Kommen Sie wieder! Leider geschah das aber nicht.

Von der elitären Villa auf den Anhöhen über Bugojno, dem Lieblings-Erholungsort von Kamerad Tito, sind heute nur mehr die Grundmauern zu sehen. Ähnliches geschah auch mit der Villa auf der Koprivnica. Schäfer bringen dort ihr Vieh unter, um es vor Winter und Unwetter zu schützen, und Straßenhunde finden dort Unterschlupf sowie Begattungsorte [genauer: Orte zum Vermehren]. Die unglaublichen Schätze und der Luxus landeten auf den zahlreichen Müllhalden Mittelbosniens und Titos Jagdausrüstung [???] verkaufte sich auf einem Markt um nur 60 D-Mark. Die künstlerischen Fotografien, Titos Jagdtrophäen und das goldene und silberne Besteck landeten in Sammlungen und Galerien. Die prunkvollen und komfortablen Villen könnten mit ein wenig Willen restauriert werden und touristische Attraktionen darstellen. Ob das jemals passieren wird oder nicht, bleibt abzuwarten."

(21:03) Du bist noch in Kroatien, oder? Ich
könnte am Montag den Nachtbus nehmen und
Dienstagfrüh in Šibenik sein. Brauche echt
wieder mal Urlaub ;) -k

(23:24) okay

Beim Krähen des Hahns von nebenan konnte man kaum schlafen. Zwischen vier und fünf Uhr fing er immer an, seltsame, gurgelnde Schreie von sich zu geben, die mehr nach Todeskampf klangen als nach „Guten Morgen!". Vielleicht war der Hahn ja schon alt und krank. Oder der Nachbar suchte sich prinzipiell die stimmlich gesehen besonders außergewöhnlichen Tiere aus, denn seit Lara sich erinnern konnte, gehörte das an den Nerven zehrende Krächzen zur Sound-Kulisse Šibeniks, und so lange konnte doch so ein einzelner Hahn nicht leben. Oft gesellte sich zum kehligen Knarzen noch das Jaulen des Hundes des anderen Nachbarn dazu. Diese Familie hielt, ebenfalls bereits seitdem Lara das Haus in Šibenik kannte, immer einen Hund als Wachhund im kleinen Vorgarten. Jeder ihrer Wachhunde verbrachte sein Leben angeleint in einem zwei mal zwei Meter kleinen, mit Draht abgesicherten Gehege und wurde nie ausgeführt. Da wunderte es Lara nicht, dass sie immer unglücklich weinten. Zudem war ihr nicht klar, was es brachte, einen Wachhund zu halten, wenn der den ganzen Tag und die ganze Nacht bellte und winselte, unabhängig davon, ob in der Straße etwas passierte oder nicht.

Lara stand auf und schloss das Fenster des Schlafzimmers. Es war eine Schande, denn die Luft war in den frühen Morgenstunden, wenn die meist schwüle Nacht vorbei war und die Sonne noch nicht angefangen hatte, herunterzubrennen, am frischesten und klarsten. Sie merkte sofort, wie es im Zimmer stickiger und wärmer wurde, legte sich trotzdem noch einmal ins Bett und versuchte, wieder einzuschlafen. Lara schlief in Šibenik normalerweise wegen der Hitze nackt, aber jetzt trug sie als Pyjama ein leichtes weißes Tanktop und eine Unterhose. Für alle Fälle. Karin war seit ein paar Tagen hier im Nebenzimmer einquartiert und schon in der ersten Nacht, als Lara wie sonst auch nackt in ihrem Bett gelegen hatte, waren ihr wieder diese Vorstellungen in den Kopf gekommen, dass eine Katastrophe passieren könnte und sie nicht einfach nackt aus dem Haus würde laufen können, weil da dann auch Karin wäre. Je länger sie versuchte, diese Gedanken aus ihrem Kopf zu bekommen, desto wahrscheinlicher erschienen sie ihr, sodass sie schließlich aufsprang und im Dunklen etwas zum Anziehen aus dem Schrank kramte. Warum wertvolle Minuten riskieren, die ihr im Falle einer Katastrophe das Leben kosten konnten? Wieso sich nicht einfach für alle Fälle wappnen?

Als Lara um halb sechs noch immer nicht wieder eingeschlafen war, entschied sie sich, aufzustehen. Auf Zehenspitzen verließ sie das Schlafzimmer und schloss die Tür hinter sich. Im Badezimmer wusch sie sich das Gesicht – das Wasser aus der Wasserleitung war nicht sonderlich kalt – und putzte sich nachlässig die Zähne. Sie warf sich ein übergroßes T-Shirt, das sie zu Hause als Kleid trug, über, schnappte sich ihre Stofftasche und trat vor die Haustür. Die Sonne schien bereits recht stark, aber doch noch angenehm wärmend auf die unregelmäßig betonierte Straße vor dem Haus. Lara spazierte in ihren unbequemen Flip-Flops zum kleinen Geschäft am Ende der Straße. Sie erinnerte sich an einen Šibeniker Morgen vor vielen Jahren, an dem sie mit ihrer Cousine Maja, als sie beide nicht hatten schlafen können, in die Stadt gegangen war. Sie hatten die Fischer im Hafen beobachtet und zugesehen, wie der große Lebensmittelmarkt langsam zum Leben erwachte. Sie hatten einen großen Laib luftigen, noch ganz warmen Weißbrots gekauft, sich damit am Rande des Piers hingesetzt und es ohne irgendetwas anderes dazu zu brauchen gegessen, die Füße knapp über dem Wasser des helltürkisen Meeres baumelnd.

Die vielen kleinen Lebensmittelgeschäfte in Kroatien hatten alle einen ganz besonderen Geruch, der sich wahrscheinlich aus der Mischung aus Klimaanlagenluft, Gebäck und Plastikverpackungen zusammensetzte. Lara bestellte an der Theke vier Salzstangen – das Salz war hier in Kroatien auf dem weichen Gebäck nicht in der Form von Körnern, sondern als eine Art Glasur aufgetragen – und zwei Schokoladenkrapfen. Der Vorteil daran, früh aufzustehen, war, dass diese besonderen Leckereien noch nicht ausverkauft waren.

Als Lara ins Haus zurückkam, hörte sie durch die geschlossene Badezimmertür das Geräusch der Dusche. Sie räumte den Tisch ab, deckte ihn und richtete ein Frühstück her.

Bevor Karin noch aus dem Badezimmer kam, hörte Lara sie schon rufen: „Wo warst du denn?"

Lara atmete innerlich durch. Karin hatte sich seit ihrer Ankunft als sehr anhänglich erwiesen. Offensichtlich fühlte sie sich fremd in diesem Haus und in der Gegend, hatte sich wahrscheinlich erwartet, dass sie die gesamte Zeit hier gemeinsam verbringen würden, und tat sich schwer damit, wenn Lara Zeit alleine verbrachte. Lara war diese Anhänglichkeit zuwider. Karin war eine erwachsene Frau und in Wien hatte Lara sie nie so erlebt. Sie fühlte sich eingeengt und noch dazu konnte sie darüber nicht einmal mit Karin reden, weil diese sich dann noch abgelehnter fühlen würde, als sie das so offensichtlich sowieso schon tat.

„Schau mal, ich habe uns was vom Bäcker geholt!", rief Lara deshalb betont fröhlich, als Karin in ein großes Handtuch gewickelt ins Wohnzimmer kam.

„Was denn?“

„Salzstangen und Schokokrapfen. Butter, Salami und Obst haben wir noch hier.“

„Schokokrapfen? Oh … danke, aber die kann ich nicht essen.“

Lara wusste, dass Karin Schokolade liebte. Sie fühlte sich nur in ihren Badeklamotten nicht wohl und wollte der Krapfen-Versuchung widerstehen. Lara fand das bescheuert. Wegen eines Krapfens nahm man doch nicht zu und sie war schließlich extra dafür in aller Früh zum Laden gegangen.

„Ach, komm schon, du bist doch auf Urlaub.“

Lara hörte, wie der Satz aus ihrem Mund kam, und erschrak ein wenig darüber, dass er einen ziemlich spitzen Unterton hatte. Sie musste sich mehr zusammenreißen.

„Du hast leicht reden.“

Karin war sauer. Na toll.

„Ich hab auch Kaffee gemacht.“

„Ja, okay, danke. Ich zieh mir nur schnell etwas an.“

Als Karin zurückkam und sich auf den Stuhl fallen ließ, hatte Lara schon Kaffee eingeschenkt.

„Alles in Ordnung?“, fragte Lara und versuchte, ehrlich interessiert zu klingen, um ihren vorangegangenen Patzer wiedergutzumachen.

„Der Scheiß-Hahn! Erst hab ich wegen dem nicht schlafen können und dann hab ich das Fenster geschlossen und dann erst recht nicht mehr schlafen können, weil es so heiß war. Ich fühl mich total erschlagen.“

„Oh ja, ich weiß. Wenigstens hat der Hund nicht gebellt.“

Vielleicht half es der Stimmung, wenn sie einfach immer optimistisch blieb.

„Die sollten hier Postkarten drucken ‚Urlaubsgrüße aus Šibenik, der Stadt, die niemals schläft!'."

Das brachte Lara zum Lachen. Vielleicht übertrieb sie vor Erleichterung ein wenig, aber immerhin entlockte es Karin auch ein schiefes Grinsen.

Lara schlug vor, nach dem Frühstück gleich an den Strand zu gehen, weil am Morgen noch sehr wenige Leute dort waren und das Wasser sauberer, klarer und ruhiger war. Auf dem Weg redeten die beiden kaum, doch vielleicht lag das auch daran, dass es sogar um die Uhrzeit schon anstrengend war, bepackt mit den ganzen Badesachen in der mittlerweile prallen Sonne zu wandern.

Der neue Stadtstrand Šibeniks – es gab ihn schon ein paar Jahre lang, doch Lara sah ihn in diesem Jahr zum ersten Mal – lag nördlich der Innenstadt in der Nähe des Hauses. Er war durch eine lange Promenade mit der Innenstadt verbunden, jedoch weit genug weg vom Hafen, sodass das Wasser nicht unangenehm nach Fisch roch oder schmutzig war. Auf der anderen Seite war der Strand begrenzt durch ein riesiges, mittlerweile verwildertes, von Bergen an schwarzem Sand übersätes Areal einer großen ehemaligen Elektroteile-Fabrik. Von dieser waren mittlerweile nur noch eine Wand, zwei tiefe Betonfundamente und drei kleine Portiershäuschen übrig geblieben. Diese wurden von Parkwächter_innen genutzt, die das karge Land Tourist_innen als Park- oder Wohnwagenplatz anboten. An der Straße, die entlang des Fabrikgeländes zum Strand führte, gab es nur ein schäbiges, altes Café, wo sich ehemalige Fabrikarbeiter trafen.

Doch das Gebiet hier wurde durch den neuen Strand immer mehr aufgewertet, immerhin war die Straße nun eine echte Straße und kein Kiesweg wie früher. Auch die kleine Kapelle neben dem Café war bereits renoviert worden, aber Kirchen waren in Kroatien ja immer das Erste, was wiederaufgebaut wurde. Wenn hier langsam die Stände mit Krimskrams und Badeutensilien aufmachten, dann würde bestimmt auch das alte sozialistische Denkmal entfernt werden, das nur noch deshalb hier stand, weil die Gegend bisher strategisch irrelevant und dünn besiedelt war. Es war ein großer, mittlerweile braun verschmutzter Stein mit drei Fahnenmasten, auf denen schon sehr lange nichts mehr wehte, der „der Arbeiterklasse und den Errichtern und Verteidigern des Sozialismus" gewidmet war.

Am Strand angekommen breiteten Lara und Karin ihre Handtücher nahe am Wasser aus und schmierten sich mit Sonnencreme ein. Sommer, das war der Geruch von Sonnencreme auf heißer Haut. Außer den beiden war kaum jemand am Strand, nur ein paar ältere einheimische Frauen und Männer und eine alte Fischerin, die abseits des mit weißen Kugeln abgegrenzten Badebereiches ihre Angel ausgeworfen hatte.

„Ich gehe gleich ins Wasser", sagte Lara. Karin antwortete nicht und legte sich auf ihrem Handtuch auf den Bauch.

Lara seufzte innerlich und stolperte dann über die heißen Kieselsteine zum Meer hin. In der Vormittagssonne leuchtete es metallic-silbern und schleuderte ein in den Augen schmerzend helles Glitzern an den Strand. Im seichten Wasser lagen einige große, scharfe und rutschige

Steine, weshalb Lara gleich losschwamm, sobald es ging. Das kühle Wasser verpasste ihr sofort Gänsehaut am ganzen Körper, die aber nach ein paar kräftigen Zügen verschwand.

Als Lara sechs Jahre alt gewesen war, hatte sie gemeinsam mit ihrer Cousine Maja in Solaris schwimmen gelernt und liebte es seither. Sie konnte stundenlang im Wasser bleiben und wurde immer erst von Hunger hinausgetrieben – müde wurde sie jedenfalls vom Schwimmen nie. Sie hatte auch heute das Gefühl, genug Energie zu haben, um quer über die Bucht zur gegenüberliegenden Halbinsel zu schwimmen. Stattdessen machte sie sich abwechselnd im Schmetterlingsstil schwimmend und tauchend auf den Weg zur Absperrung der Badezone. Diese wurde von manchen in ihrer Familie scherzhaft „Očenaši“ genannt, also „Vaterunser“. So hießen in Kroatien die Rosenkränze, die Katholik_innen zum Beten verwendeten oder, viel öfter, als Glücksbringer an den Rückspiegel im Auto hängten. Zunächst begutachtete sie den Zustand der weißen, etwa melonengroßen Kugeln und der sie verbindenden Schnur. Als sie keine Algen oder Schnecken fand – vor denen ekelte sie sich ungemein –, hielt sie sich an der Schnur fest, ließ ihre Beine an die Oberfläche treiben und sich auf dem Rücken von den sanften Wellen schaukeln. Wenn ihre Ohren im Wasser waren und sie sich konzentrierte, dann konnte sie hören, wie der Sand am Meeresgrund hin- und hergespült wurde – es war ein rasselndes Hauchen. Nach ein paar Minuten Entspannung konnte sie auch die Geräusche von Bootsmotoren aus der Ferne ausmachen. Als eine Welle sie überraschend ohrfeigte und aus ihrem fast tranceartigen Zustand riss, entschied Lara sich, noch etwas zu schwimmen. Sie arbeitete die ganze Länge des Rosenkranzes zweimal ab, wechselnd zwischen Brustschwimmen, Kraulen, Schmetterlingsstil und Tauchen. Sie beherrschte alle Schwimmstile sehr gut, nur das Rückenschwimmen mochte sie nicht so gern, weil sie einerseits nicht sehen konnte, wohin es ging, und andererseits dabei immer Wasser in den Gehörgang bekam.

Zurück im seichten Wasser machte sie sich bereit, aus dem Meer herauszusteigen. Das war bei den scharfen, großen Steinen, die hier im Wasser lagen, nicht immer ganz einfach. Doch auch Sand und Kieselsteine hatten ihre Tücken: Wenn man nicht schnell genug aus dem Wasser herauskam, dann konnten die Füße versinken und man würde von der nächsten Welle umgestoßen werden. Wenn sie anderen Menschen dabei zusah, wie sie aus dem Wasser stiegen, stellte Lara sich immer vor, sie seien Zombies oder wie durch unsichtbare Fäden an das Wasser gebundene Kreaturen, die das Meer noch nicht hergeben wollte.

Karin lag inzwischen auf dem Rücken, hatte ihre Kopfhörer in die Ohren gesteckt und einen Sonnenhut auf ihr Gesicht gelegt. Lara setzte sich auf ihr eigenes Handtuch und beobachtete, wie die Salzwasser-Tröpfchen an ihr herunterrannen. Nass in der Sonne zu sitzen war gerade gar nicht unangenehm heiß. Das verdunstende Wasser am Körper kühlte noch ein wenig, während die aufgeheizte Luft Laras vom Wasser kalte Haut angenehm umschmeichelte und sie mit einer Wärme füllte, die mit keiner Kleidung und keiner Decke jemals zu erzielen war. Sie legte sich auf den Rücken, schloss die Augen, spürte, wie die Wärme langsam ihre Füße erreichte, die trocknenden Wassertropfen auf ihrer Haut angenehm kitzelten und schlief ein.

Der Strand hatte sich komplett verändert, als sie schließlich aufwachte. Kindergeschrei und Wasserplätschern kamen aus einer Richtung. Aus der anderen wummerten die Lautsprecher aus der mittlerweile geöffneten Strandbar zum Takt des aktuellen Sommerhits. Von dem kleinen Pier aus sprang eine Gruppe junger Männer mit waghalsigen Manövern in die Tiefe, andere spielten Fußball auf dem kleinen Platz im Sand.

„Wir sind gar kein richtiger Staat, weißt du", sagte ein Mann mittleren Alters, der nicht weit entfernt von der kurz desorientierten Lara saß. Lara schwitzte. Ihre Stirn war ganz nass. Wie lange hatte sie geschlafen? Hatte sie schon einen Sonnenbrand?

„Mhm, mhm", antwortete ein etwas jüngerer Mann.

Die beiden waren wohl gemeinsam hier.

„Schau dir nur Ungarn an. Die machen das richtig. Wenn du ein echter Staat bist, dann hast du das Recht, alle Gesetze zu erlassen, die du willst. Und wenn dir halt die Serben nicht passen, dann erlässt du einfach ein Gesetz, dass keine Serben hier leben dürfen und aus."

„Ja, ja", nickte der jüngere Mann.

Lara sah sich um. Wo war Karin?

„Ich verstehe das nicht, warum wir Kroaten immer nur so halbe Sachen machen", predigte der ältere Mann weiter.

„Hey, Schlafmütze! Ich war gerade auf dem Klo. Die vom Café wollten mich fast nicht reinlassen, aber ich habe auf dumme Touristin gemacht", kam Karin aus dem Schatten der Umkleidekabine hervor.

„Ah."

Lara hatte schlecht geträumt. Es war wieder einer der Träume gewesen, in dem sie glaubte, sie wäre bereits aufgewacht – zwischen ihren Eltern in einem großen Haus, das gleichzeitig auch ihre Schule war. Der Doppelgänger der Katze Mascha war dort gewesen und hatte kein eigenes Gesicht gehabt, sondern immer die Gesichter der umstehenden Leute aufgesetzt, die ihres verloren oder abgelegt hatten. Das Gesichter-Roulette hatte an den Menschen nichts geändert, sie waren immer dieselben geblieben, nur entweder ganz ohne Gesicht oder mit dem von jemand anders. Draußen vor dem Haus war jemand gestanden, der vielleicht eine Kapuze getragen und an die Glastür geklopft hatte. Vor Schreck, hatte sie weiter geträumt, sei sie aufgewacht. Diesmal war jemand neben ihr gelegen und hatte geatmet, geatmet, geatmet. Sie hatte sich nicht bewegen können. Dann hatte sie wieder geträumt, sie sei aufgewacht, viel zu früh am Morgen, und habe sich übergeben zu müssen. Sie hatte sich zur Seite gedreht, kurz neben das Bett gespuckt und plötzlich angefangen, mehr oder weniger klares Wasser hervorzuwürgen, zu speien wie eine Gießkanne. Langsam hatte sich das ganze Zimmer gefüllt. Sie war ertrunken.

Lara überlegte kurz, Karin von ihren Träumen zu erzählen. Aber Träume zu erzählen ergab meist keinen Sinn. Die anderen konnten kaum etwas mit den Bildern anfangen, die der eigene Kopf zusammenschusterte. Gab es irgendetwas, das man mit Träumen überhaupt tun konnte?

„Entschuldige, dass ich vorher so schlecht gelaunt war", unterbrach Karin Laras Überlegungen. „Du kennst mich, in der Früh bin ich meist zu gar nichts zu gebrauchen."

„Kein Problem."

Lara war durstig und sie hatte das Gefühl, ihre Gedanken würden in der Hitze zu einem giftigen Teig zusammenschmelzen.

„Du, äh, ich glaube, ich werde dann mal zurück nach Hause gehen. Mir ist heiß und ich habe noch viel zu erledigen."

„Oh ... Kann ich was ... Soll ich mitkommen?"

„Nein, nein! Bleib nur. Genieß doch deinen Urlaub!"

Lara fühlte sich ein wenig schuldig, Karin einzureden, dass alleine am Strand liegen bedeutete, den Urlaub zu genießen. Sie konnte in Karins Gesicht sehen, dass sie das nicht würde genießen können. Aber Lara würde schlecht werden, wenn sie sich jetzt auf jemand anders konzentrieren musste.

„Wir sehen uns ja dann eh beim Abendessen wieder, ja? Sorry, aber ich brauche ein wenig Schatten."

„Ähm, okay ... Wie du meinst ... Bis nachher."

Das Meer war eine schwarze Spiegeloberfläche. Ob es die Sterne am Himmel waren oder nur die Lichter auf den hohen Masten der im Hafen liegenden Segelboote, die sich darauf spiegelten, war aus Laras Perspektive nicht klar zu sagen. Ein warmer Wind scheiterte daran, die abendliche Stadt zu erfrischen.

„Ich nehme vielleicht die Ćevapčići."

„Nein, mach das nicht, in Kroatien isst man keine Ćevapčići, die sind hier nicht gut."

„Hm."

„Ich nehme einfach eine Pizza."

„Wir sind hier in Kroatien und du isst schon wieder nur Junkfood."

„Pizza ist kein Junkfood, wenn man sie im Restaurant bestellt! Das gilt nicht, das weißt du!"

Karin lachte herzhaft.

„Na gut. Ich nehme dann die Goldbrasse mit Mangold."

„So viel Gold ..."

„‚Gib uns aaall dein Gooold!'"

„Hä?"

„Aus der Iglo-Werbung? ... Käpt'n Iglo? ... Fischstäbchen? ... Sag, bist du nicht in Österreich aufgewachsen?"

„Haha."

„Ach geh, sei nicht so, war nicht ernst gemeint."

„Dass du das nicht kennst ..."

„Kenn ich halt nicht."

„Aber Käpt'n Iglo kennst du schon."

„Wer kennt bitte Käpt'n Iglo nicht?"

„Na eben, mein ich ja. Deshalb müsstest du das auch kennen, wo die Kinder schreien: ‚Gib uns aaall dein Gooold!'"

„Können wir das dann lassen?"

„Entschuldigung."

„Ich renn mir den ganzen Tag nämlich die Füße wund, um etwas über die Umstände herauszufinden, die dazu geführt haben, dass ich überhaupt in Österreich aufgewachsen bin."

„Ja! Entschuldigung!"

„Ist ja aber auch nicht so, dass du mir irgendwas darüber erzählst. Du gehst irgendwann und dann kommst du irgendwann wieder oder du hockst in deinem Zimmer und googelst irgendwas und wenn du dann schlecht gelaunt bist, dann darf ich raten, was passiert ist."

„Verstehst du das nicht? Mir hilft einfach niemand hier weiter. Weder beim Armee-Archiv in Split, wo ich stundenlang gewartet habe, noch am Telefon mit der Nationalbibliothek. Egal was ich denen gesagt habe – ob Journalistin oder Angehörige –, sie wollen einfach keine Information herausgeben. Weder über meinen Onkel noch über die Armeeoperationen in Bugojno."

Lara seufzte, schaute von der Terrasse des Restaurants dorthin, wo das Meer und der Himmel am Horizont schwarz miteinander verschwammen.

„Okay. Das ist scheiße ... Aber lass dich doch deshalb nicht so fertigmachen! ... Du musst doch deinen Urlaub auch einmal genießen."

„Ich bin hier nicht auf Urlaub!"

Wie hieß das in Wien so schön? Mit dem Arsch ins Gesicht. Lara bekam sich nicht in den Griff. Karins Ignoranz frustrierte sie. Sie wurde den weißglühenden Zorn in sich nicht los. Zorn darüber, nicht weiterzukommen bei ihrer Suche, Zorn über Karin, die sich nur für das Meer, das Essen und das Wetter interessierte, Zorn darüber, dass sie ihr auch nicht verständlich machen konnte, warum sie so zornig war, und es deshalb – das war Lara klar – auch unfair war, Karin überhaupt böse zu sein. Wenn sie Karin jetzt ansah, würde sie zu weinen beginnen.

„Das hättest du mir aber auch früher sagen können." Karin war verletzt. Schon wieder.

Lara wischte sich den Mund mit der Stoffserviette ab, weil ihr dies eine gute abschließende Geste schien, stand auf und ging.

Liebe Karin,

ich bin auf dem Weg nach Makarska. Ein paar Familienmitglieder kommen dort zusammen und ich will auch dabei sein. Danach geht es wahrscheinlich nach Bosnien. Ich weiß nicht, wann oder ob ich zurückkomme. Nichts für ungut. Bitte genieße deinen restlichen Urlaub und versteck den Schlüssel, wenn du gehst, unter dem Steinfrosch im Brunnen.

Lara

Ein Begräbnis, versuchten wir den Kleinen zu erklären, sei nichts Vergnügliches. Sie bemühten sich nicht wie wir, diesem Tag mit dem ihm gebührenden Respekt zu begegnen. Immerhin würde er all jene von uns, die in dem Moment, in dem die Umstände es verlangten, in Tränen ausbrachen oder die das Weinen im Kinn, wo es sich immer als Erstes zeigte, nicht mehr unterdrücken konnten, all jene würde dieser Tag erbarmungslos an unsere eigene Vergänglichkeit erinnern.

Doch woher sollten die Kleinen das ahnen? Ihr Leben spielte sich im Großen und Ganzen ja noch in einem Bereich ab, der ungefähr eineinhalb Meter über dem Boden endete. Dementsprechend waren darin vor allem Hosenbeine, Bodenbeläge und Sessel- und Tischbeine enthalten, halbverrostete Geländer, stolze Löwenzähne, kleine Steinwände, an denen sich allerhand Dinge abspielten. Kinder fanden solchen Gefallen an Ameisen und Käfern, die auf diesen Steinwänden kletterten, oder an den Eidechsen, die gleichzeitig der Inbegriff von Erstarrung und Bewegung waren. Dagegen berührte sie das, was in den Höhen der Erwachsenenwelt geschah, nur kaum, es schwebte einfach sanft über sie hinweg. Sie waren noch zu klein dafür. Und so fuhren sie fort mit ihren Spielen, nachdem wir es etwas verlegen aufgegeben hatten, ihnen beibringen zu wollen, jetzt bedächtig zu sein. Irgendwie konnten wir es ihnen auch nicht übel nehmen. Was hätte ein Haufen Kinder an solch einem Sommertag, der allem einen eigenartigen, abenteuerlichen Glanz verlieh, denn sonst tun sollen? Sie hangelten sich an den halbverrosteten Geländern entlang, stolperten über die Löcher in den gepflasterten Straßen und ließen die angeschlagenen Beine von den kleinen Steinmauern baumeln.

Die Großmutter war freundlicherweise in einem wahrlich günstigen Augenblick gestorben; logistisch gesehen hätte man das Datum gar nicht besser auswählen können. Die meisten auf der ganzen Welt verstreuten Familienmitglieder hatten entweder ohnehin Urlaub, den sie nutzten, um Verwandte zu besuchen, oder konnten sich ohne größere Probleme freinehmen. Sie war schon immer ein unscheinbares Ding gewesen, die Großmutter, hatte sich stets im Hintergrund gehalten, und auch im Tod, so schien es, hatte sie es sich zur Aufgabe gemacht, niemand Umstände zu machen.

Sie hatte sich ein sehr verspieltes, leichtes und farbenfrohes Kleid für ihr Totenbett ausgesucht. Es war mit vielen kleinen, verschiedenfarbigen Blümchen bestickt. Nachdem sie jahrelang nach dem tragischen Tod ihres Sohnes im Krieg ausschließlich Schwarz getragen hatte, legte sie die Trauerkleidung endlich ab. Auch die Kerzen hatte sie schon bereitgelegt, die Dokumente, die für den unerlässlichen Behördengang danach erforderlich waren, hatte sie schon fein säuberlich auf die dunkle Kommode gelegt.

Es war ein Tag, an dem es nicht so viel zu berichten gab, auf jeden Fall nicht in dieser kleinen Stadt, in der sich die Großeltern nach dem Krieg niedergelassen hatten, und die Ruhe, die Besinnlichkeit, die ein solcher Tag eigentlich erforderte, war endlich ohne unser Zutun eingekehrt. Doch die Stille hatte einen Preis – wenn sie einmal da war, blieb sie die ganze Nacht. Und wenn man so nachts im Bett lag, fing man an, sich zu drehen und zu wenden, um die Last gleichmäßig zu verteilen, auf dass es nicht stetig so stark aufs Herz drückte. Ob der diese Zustände begleitende beißende Gestank das übrig gebliebene Lamm war oder der Leichengeruch, wollte niemand so genau wissen.

Wenn die täuschend friedlichen Frühstücksgeräusche – sanftes Tellergeklimper, Löffel, die unermüdlich kreisende Laute in die Tassen schlugen, und gedämpfte Stimmen – erwachten, war der neue Tag schon in jede Ecke des Zimmers vorgedrungen und hatte es mit einem leichten, sanft raschelnden Licht erfüllt. Es war noch überall Sonntag und das Rauschen des Meeres war noch weit weg.

Personen

Lara: Studentin, Journalistin in Österreich, auf Recherche

Spomenka: Laras Tante, Akademikerin in der Schweiz, auf Urlaub

Jadranka: Laras Tante, Kosmetikerin in den USA, auf Urlaub

Jaska: Jadrankas Tochter, Life Coach in Argentinien, auf Urlaub

Zdravko: Laras Onkel, Ingenieur in Kroatien, Gastgeber

Ein schwüler Abend im kroatischen Makarska. Terrasse eines kleinen, zweistöckigen Hauses hoch über der Stadt im Biokovo-Massiv. Ein weißer Plastiktisch und weiße, billige Plastiksessel inmitten üppiger Granatapfel- und Feigenbäume. Zum Klang der Zikaden gesellt sich in der hereinbrechenden Dämmerung das

Summen der Stechmücken. Die Familie ist zu Besuch beim einzigen Familienmitglied, das mit seiner Familie in Kroatien lebt. Auftritt Lara, mit nassen Haaren in einem zum Turban gewickelten Handtuch auf dem Kopf.

LARA Onkel Zdravko! Grüß dich! Seit wann bist du zurück?

Küsst ihn links und rechts auf die Wangen.

ZDRAVKO Seit über einem Glas Wein. Entweder übertreibe ich es mit dem Trinken oder du übertreibst es mit der Körperhygiene, liebe Nichte.

Lara lacht und gibt ihm einen Klaps auf die Schulter.

SPOMENKA *zu Lara* Magst du auch einen Wein?

LARA Ja, gern.

Lara löst den Handtuch-Turban auf ihrem Kopf, schüttelt ihre Haare mit der Hand zurecht und hängt das nasse Handtuch auf eine ein paar Meter entfernte Wäscheleine, auf der bereits zwei weitere Handtücher und ein paar Stücke Badekleidung hängen.

LARA Wie geht's dir, Onkel?

ZDRAVKO Gut, gut. Viel Arbeit. Und dir?

LARA *setzt sich* Ganz okay. Ich bin's noch nicht gewöhnt, ohne die Eltern hier zu sein. Einen schönen Gruß soll ich euch allen sagen.

JADRANKA Wieso sind sie nicht mitgekommen?

JASKA *schnell* Weil Lara auf Recherche ist.

JADRANKA Recherche? Worüber?

Stille. Als Lara nichts sagt:

JASKA Onkel Drago.

Stille.

LARA Ich habe nur gefragt, weil ich irgendwie nie verstanden habe, was da passiert ist.

JADRANKA *nimmt einen großen Schluck Rotwein* Ach, das haben wir doch alle nicht.

SPOMENKA Oma und Opa haben auch unterschiedliche Versionen davon, was angeblich passiert ist.

LARA Wie kann denn das sein? Das ist doch alles offiziell untersucht worden, oder? Es hat doch auch eine Autopsie gegeben, oder nicht? Irgendwo muss doch offiziell etwas stehen?

JADRANKA Opa hat Oma nicht einmal bei der Präsentation der Ergebnisse der Exhumierung hineingehen lassen.

SPOMENKA Ja, ich glaube, da waren nur Jelica und Nevenka dabei.

LARA Aber nach so vielen Jahren – haben die ihn da noch identifizieren müssen oder was?

SPOMENKA Nein, nein. Das wäre ja gar nicht mehr so einfach möglich gewesen. Sie haben einfach nur bestätigt, dass die Gegenstände, die bei ihm gefunden worden sind, tatsächlich ihm gehört haben.

LARA Opa schreibt, dass Drago gefoltert worden ist, drei Tage lang, und dass sie es dann so haben aussehen lassen, als wäre er im Kampf erschossen worden.

ZDRAVKO Wo schreibt er das? Was meinst du?

LARA In seinem Tagebuch. Ich hab's in Wien gefunden, bei meinen Eltern.

JADRANKA Sie haben dir das Tagebuch gegeben? Aber Aleks redet doch selber nie darüber.

LARA *wird rot* Ich hab ihnen nicht gesagt, dass ich es mir ausgeliehen hab.

JADRANKA Soso.

SPOMENKA Das kann gut sein, dass Opa das geglaubt hat, ich sage ja, sie hatten unterschiedliche Versionen der Geschichte.

JASKA Mir hat Oma erzählt, dass Drago in Zivilkleidung gefunden worden ist. Das war ihr wichtig. Dass er nicht gekämpft hat.

ZDRAVKO Ich habe das auch nur schwer glauben können, dass Drago dann doch noch gekämpft hat. Aber sie haben ihre Methoden gehabt ...

LARA Wer, sie? Welche Methoden?

Stille.

SPOMENKA Das müsste eigentlich dieser Edo wissen, ob Drago in Zivil war, der hat ihn gefunden und begraben damals.

LARA *holt ihr Handy hervor und tippt etwas hinein* Edo wer?

JASKA Ich kann mir echt nicht vorstellen, dass er plötzlich in den Kampf gezogen wäre.

JADRANKA *vehement* Ich auch nicht, überhaupt nicht.

SPOMENKA Wer weiß ...

LARA Weiß von euch jemand, ob sie einen Draht bei ihm gefunden haben?

JASKA Welchen Draht?

LARA Also, Opa schreibt, dass Drago mit Draht gefesselt worden ist. Das heißt, dass der Draht bei ihm gefunden worden sein muss, weil nach so vielen Jahren bei einer Autopsie Drahtverletzungen an den Handgelenken zu finden unrealistisch ist.

JADRANKA *seufzt, richtet den Blick gen Himmel.*

SPOMENKA Da müsste man wahrscheinlich Nevenka oder Jelica fragen.

LARA Hm.

JADRANKA Wir wissen ja auch nicht, warum er zu der Zeit überhaupt in Bugojno war, er hat ja eine Arbeit in Kroatien, in Resnik, gehabt.

SPOMENKA Ja, aber die Männer, die nicht gekämpft haben, haben sich ja auch regelmäßig bei der Armee melden müssen.

JADRANKA Ich weiß nur, dass der Schwiegervater ihn auf dem Weg nach Bugojno getroffen hat und versucht hat, ihn zurückzuschicken.

LARA Aber Moment, kurz noch, wenn es eine Autopsie gegeben hat, wo ist dann der Autopsie-Bericht? Den müssen doch Opa oder Tante Janja bekommen haben?

JADRANKA Als Opa gestorben ist, haben wir die Wohnung in Gornji Vakuf ausgeräumt und kaum etwas gefunden.

LARA Keine Dokumente? Keine Notizen?

JADRANKA Nichts.

JASKA *grübelnd* Das ist aber schon seltsam.

LARA Und wieso hat niemand Tante Janja gefragt?

JADRANKA Seit dem Erbschaftsstreit redet sie ja nicht mehr mit uns, und davor wollte ihr wohl niemand zu nahe treten.

SPOMENKA Außerdem heißt das ja überhaupt nichts, wenn im Autopsie-Bericht etwas steht ... Die lügen doch, wie es ihnen passt, wenn sie etwas erreichen wollen. Sie haben Drago zu einem Märtyrer der kroatischen Armee stilisiert, der angeblich einen Heldentod gestorben ist. Sie wollten nach dem Krieg ja sogar eine Schule in Bugojno nach ihm benennen ...

LARA Oh.

JADRANKA Moment mal, ich glaube schon, dass in dem Autopsie-Bericht was Interessantes drinstehen könnte, ich finde es nicht fair, dass Janja ihn uns vorenthält.

SPOMENKA Die Frau hat ihren Mann verloren –

JADRANKA Und wir haben einen Bruder verloren!

SPOMENKA Ja, aber du weißt nicht, was zwischen den beiden vorgefallen ist, bevor er so plötzlich nach Bugojno gegangen ist. Vielleicht hat sie ihm ja gesagt, er soll kämpfen gehen, und fühlt sich jetzt schuldig.

JADRANKA Oder vielleicht ist er einfach verrückt geworden. Würde mich nicht wundern, bei dem, was wir alle durchgemacht haben, dass irgendwer von uns auch einfach durchdreht. Du bist immer so schnell dabei, Janja zu verteidigen ...

SPOMENKA Nein, ich will sie gar nicht verteidigen. Ich will nur sagen: Wir wissen nicht, was in deren Ehe zu der Zeit los war. Und sie ist ja seit seinem Tod auch depressiv, und total zurückgezogen ... Ich traue mich gar nichts bei ihr nachfragen. Jedes Mal, wenn man Drago auch nur erwähnt, ist es so, als würde sie aus ihrem Körper austreten.

Stille.

JADRANKA Ich kann mich erinnern, dass deine Mutter, Lara, auch immer gesagt hat, dass sie nicht versteht, wieso er eigentlich zurückgegangen ist nach Bugojno. Ihr wolltet Drago, Janja und die beiden Mädchen ja eigentlich zu der Zeit schon nach Wien holen ...

LARA *tippt wieder etwas in ihr Handy* Das hab ich gar nicht gewusst.

Bosnien

Als Atheist_in kann man in Bosnien nicht begraben werden. Die Friedhöfe sind erwartungsgemäß nach Konfessionen getrennt – die serbisch-orthodoxen Körper kommen auf einen serbisch-orthodoxen Friedhof, die katholischen Leichen auf einen katholischen Friedhof und die muslimischen Kadaver auf einen muslimischen Friedhof. Wer ohne Gebet und Ansprache eines Glaubensvertreters begraben werden will, muss sich ein anderes Land für die ewige Ruhe suchen.

In letzter Zeit ist es sehr modern geworden, Familiengräber zu kaufen. Da legt dann die Familie oft schon im Vorhinein für zwei oder vier – das sind die handelsüblichen Pakete – Plätze zusammen und lässt gleich ein ganz großes Grab ausheben. Die Menschen haben offenbar nicht nur Angst davor, alleine zu sterben, sondern auch Angst davor, alleine tot zu sein. Man möchte glauben, dass die Menschen in diesen riesigen, marmorverkleideten, oft pompös erhöhten und kitschig verzierten Gräbern dann so, wie sie auch am Strand liegen – wie die Sardinen –, drinnenliegen, aber dem ist nicht so. Dafür müsste man in der richtigen Reihenfolge sterben. Die Ehepaare wollen natürlich nebeneinander liegen und nicht die unausstehliche Großtante auf alle Ewigkeiten zwischen sich haben. Nein, die Särge liegen dann nicht nebeneinander im Grab. Es wird vielmehr eine Krypta ausgehoben und betoniert, die dann aussieht wie ein Zimmer in einem mittelmäßigen Hostel einer rucksacktourismusfreundlichen europäischen Stadt: eng, mit jeweils zwei Stockbetten auf beiden Seiten. Da können die Ehepaare zwar wieder nicht nebeneinander liegen, sondern eher untereinander, aber das ist auch in Ordnung,

Stockbetten versprechen immer viel Spaß und Nächte voller Kicherei.

Die Gräber, beziehungsweise die Zimmer, werden jedes Mal, wenn jemand Neues einzieht, über eine Steinplatte, die auf der Seite gegenüber dem Grabstein mit den Namen und Daten liegt, geöffnet und der neue Sarg wird an seine Stelle geschoben. Zuvor kommen noch die Leute vom Bestattungsunternehmen und gravieren die entsprechenden Buchstaben und Zahlen ein. Oft werden aber schon beim Einkauf des Grabes alle bereits bekannten Informationen in den Grabstein graviert. Die Frauen, die meist später sterben als ihre Männer, haben also schon ein Bild für ihren Grabstein ausgesucht, ihr Name und ihr Geburtsdatum sind auch bereits zu lesen. Manchmal werden die ersten zwei Ziffern des Sterbejahres der zukünftigen Bewohnerin auch schon vorgraviert: 20. Es ist umständlich, einen Grabstein zu gravieren, wenn er schon steht, außerdem müsste man dafür länger ein Grab, in dem schon eine oder mehrere Personen liegen, betreten. Da wollen die Bestattungsunternehmen natürlich so wenig Umstände wie möglich haben und machen.

Ein Problem ist es natürlich, wenn man schon alles vorbereitet hat, aber ein Gast der Pyjamaparty im Stockbettzimmer kommt nicht. Das passiert auch, nämlich wenn Familien sich zerstreiten, Familienmitglieder weit wegziehen oder aus tragischen Gründen gar nicht erst begraben werden können.

Eines Tages kam eine Nachricht von Kamerad Tito herein, dass einigen Rekruten der Wehrdienst von einem auf zwei Jahre verlängert würde und dass sie versetzt würden. Da alle in alphabetischer Reihenfolge aufgerufen wurden, wurde mein Name als letzter vorgelesen. Sofort bekamen wir den Befehl, uns für die Reise fertig zu machen, da der Wagen schon wartete. Wir wurden zunächst nach Štip gebracht. Dann mussten zwei Freunde und ich zu Fuß noch 60 Kilometer nach Radoviš gehen. Dort blieb ich vierzig Tage lang und wurde dann versetzt.

Schon wieder Militärgeschichten. Lara blättert weiter. Wo bleiben die Geschichten über die Familie? Über die Geburten von Laras Tanten und Onkeln, die Kindheit ihres Vaters?

Bald erfuhr ich, dass der neue Kommissar am Ende des Krieges in Gornji Vakuf gewesen war, und er fragte mich, aus welchem Dorf ich kam und welches unser Haus war. Ich sagte, dass unser Haus gleich neben dem Fluss lag, und er erinnerte sich an mich, erzählte, dass er oft zu Gast gewesen war und sich mit Rakija und den Bratkartoffeln meiner Mutter aufgewärmt hatte. Er kannte auch meinen Vater.

Eigentlich hätte ich nach einer bestimmten Zeit im Dienst wieder einen Rang aufsteigen müssen, das passierte aber nie. Der Kommissar fragte mich im Vertrauen, ob ich einen Bruder in einer verfeindeten Armee gehabt hätte. Ich sagte ihm, dass ich nichts damit zu tun gehabt hätte und dass mein Bruder nicht aus eigenem Willen gegangen, sondern gewaltsam eingezogen worden war. Der Kommissar befahl mir, darüber zu schweigen.

Nach ein paar Tagen an der Grenze kam der dortige Kommandant und bemerkte, dass ich klug und wendig war und für die damaligen Verhältnisse gut schreiben und lesen konnte. Er wollte, dass ich ihn sofort nach Caribrod begleitete, um ihm mit einigen Dingen zu helfen. Dort angekommen gab er mir zunächst eine alte Schreibmaschine, auf der ich zu tippen lernte.

Bla, bla, bla. Lara schlägt das Notizbuch weiter hinten auf.

Bald kamen mir neue Aufgaben zu, und zwar Verwundete und Erkrankte aufzunehmen und zur Krankenstation und zu ihren Untersuchungen zu begleiten; manche behandelte ich selbst mithilfe eines Apothekers in einer kleinen Ambulanz, wo fünf Betten standen. Auch war ich für die wöchentlichen Waschtage zuständig. Bis zum Ende meines Wehrdienstes blieb ich dort.

Vielleicht ist der Stolz darüber, dass ihr Großvater im Zweiten Weltkrieg auf der richtigen Seite gekämpft hatte, fehl am Platz. Immerhin ist er nicht freiwillig zu den Partisan_innen gegangen – mit Pech hätte er auch bei den faschistischen Kroat_innen landen können – und hat offenbar auch nie an Gefechten teilgenommen.

Mit dieser Zeit verbinde ich besonders die Vorbereitungen auf meine Aufnahme in die Partei. Mir wurde angeboten, in die Armee zu gehen und dadurch sofort einen Rang aufzusteigen; ein Mal rief mich sogar der Kommissar in sein Büro, um mich davon zu überzeugen, dass das eine gute Lebensentscheidung wäre, die mir viele Perspektiven eröffnen würde. Fast hatte ich mich schon damit abgefunden, als ein Brief von zu Hause kam, aus dem herauszulesen war, dass alle sehr traurig waren und weinten, die Eltern, die Frau, die Schwestern und alle anderen. Sie würden unter keinen Umständen würdigen oder verkraften, wenn ich in die Armee ginge. Also ging ich heim. Ich bekam ein Schreiben mit, das mir die größten Tugenden attestierte. So etwas hätte nicht einmal ich über mich selbst schreiben können, und ich war vergleichsweise eloquent.

Wie bescheiden vom Opa! Lara überfliegt die letzten Seiten: Karriere in der Partei, verschiedene Funktionen in Bugojno und Gornji Vakuf, überraschend detaillierte Auflistungen darüber, was der Großvater in welchem Job verdient hat. Kein Wort über das Familienleben der Voljić, über die Reisen und Urlaube, von denen Lara Fotos kennt. Keine Hochzeiten, keine Enkelkinder, selbst der Tod der Großmutter wird nicht geschildert. Das einzige Familienmitglied, das namentlich vorkommt, ist Drago.

Als „Gruppe Bugojno" oder „Phönix-Gruppe" sind neunzehn Männer, die 1972 versuchten, in Zentralbosnien einen Aufstand gegen das titoistische Jugoslawien zu entfachen, bekannt. Es handelte sich bei den Terroristen größtenteils um Exil-Kroaten, nach dem zweiten Weltkrieg nach Australien geflohene Ustaše und ihre Söhne. Die „Gruppe Bugojno" war Teil der „Kroatischen Revolutionären Bruderschaft", einer in Sydney gegründeten und weltweit aktiven terroristischen Organisation, die für einen unabhängigen großkroatischen Staat kämpfte und die für mehrere in den Sechzigern und Siebzigern durchgeführten Anschläge und Attentate verantwortlich gemacht wird.

In Deutschland mit Waffen ausgestattet und in Österreich trainiert, machte sich die „Gruppe Bugojno" über Lavamünd nach Jugoslawien auf und steuerte das Raduša-Gebirge zwischen Bugojno und Gornji Vakuf an.

Die Männer waren davon überzeugt, dass die Bevölkerung nur einen kleinen Ruck brauchte, um gegen Titos Jugoslawien zu rebellieren, und sie wollten dieser Stein des Anstoßes sein, die großen Befreier. Bei der vermeintlichen Misswirtschaft und Ungerechtigkeit, die im titoistischen Jugoslawien herrschten, dürfte es, so ihre logische Schlussfolgerung, keine große Schwierigkeit sein, aufzuwiegeln und schnell neue Mitstreiter zu finden. Keinem der Männer kam es auch nur im Entferntesten in den Sinn, dass man zu neunzehnt schwer gegen eine der größten Armeen Zentraleuropas ankommen würde, schließlich dachten sie, dass sie als aufrechte Kroaten Gott und den Volkszorn auf ihrer Seite hätten. Binnen 38 Tagen wurden alle kroatischen Terroristen von Militär und Polizei getötet oder festgenommen. Die Bugojner Bevölkerung, die in den Siebzigern einen der größten Wohlstandsschübe genoss, bekam von dieser Aktion kaum etwas mit, die Terroristen waren nicht einmal dazu gekommen, Angst zu schüren.

2014 wurde im vorwiegend kroatischen Posušje in Anwesenheit von Militär und Politik feierlich ein Denkmal für die exilkroatischen Terroristen enthüllt.

Freitag war Ćevapčići-Tag. Vlado hatte schon in der Ćevabdžinica angerufen und heute einmal drei Portionen bestellt. Wenn sich die Leute in der Ćevabdžinica darüber gewundert hatten, hatten sie es nicht gesagt. Er holte seine Jacke und zog die Sandalen mit den Klettverschlüssen an – sie waren am leichtesten anzuziehen, man musste nur hineinschlüpfen. Die rote Baseball-Kappe auf dem Kopf zurechtzurücken war nicht immer einfach, da musste manchmal der Vater helfen, obwohl das seit dessen Schlaganfall mit seiner gelähmten linken Hand auch nicht mehr so gut ging. Er trat aus der Wohnung hinaus in den langen, dunklen Gang des Plattenbaus und nahm die Stufen – der Lift funktionierte seit dem Krieg nicht mehr. Früher hatte er die Stufen in jedem Treppenabsatz zählen müssen – 83 waren es insgesamt –, aber das war vor vielen Jahren gewesen. Jetzt kannte Vlados Körper den Weg in das und aus dem Haus wie so viele andere Wege auswendig.

Draußen war es zwar hell, aber es regnete ganz leicht. Ein eigentümliches grell-graues Licht, das Vlado nicht mochte, lag wie Nebel in der Straße. Rechts hinter sich hörte Vlado das Schnaufen und die tapsenden Pfoten eines Straßenhundes. In der Ferne, wahrscheinlich auf der Hauptstraße, fuhr ein Auto zu schnell vorbei und bremste dann abrupt. Die riesige Moschee, das „Kulturzentrum der Prinzessin Dževhera“, das nach dem Krieg mit Geldern aus Saudi-Arabien errichtet worden war, thronte neben den sozialistischen Plattenbauten, das Minarett ebenso hoch wie der höchste Balkon. Vlado konnte das Gebetshaus zwar nicht sehen, aber er hörte den großen Widerstand, den der Wind, der über die Hügel kam, überwinden musste, außerdem brach sich der Schall der Umgebung – seine Schritte, das Ausklopfen der Teppiche auf einem Balkon, die Musik aus der Bar im Erdgeschoß – an dem großen, hellen Gebäude.

Vlado hob sein kompaktes Mobiltelefon mit den großen Tasten ganz nahe an sein gutes Auge, um die Uhrzeit zu prüfen. Er konnte sich diese zwar auch von dem Mobiltelefon vorlesen lassen, aber er mochte es nicht, Hilfestellung bei Dingen zu empfangen, die er beherrschte. Er verwendete lieber das bisschen Augenlicht, das ihm geblieben war, als sich von Menschen oder gar Mobiltelefonen bevormunden zu lassen. Nie hatte er sich als fast Blinder auf einen Blindenstock verlassen. Hingefallen war er in seinem ganzen Leben nur ein Mal, und das war, weil jemand, der gerade umbaute, auf Vlados üblicher Route einen Stoß Holzplanken abgelegt hatte. In letzter Zeit hatte er auf einige der Techniken, die er im Blinden-Internat gelernt hatte, zurückgreifen müssen, weil sich die Stadt stark verändert hatte. Besonders bei den neuen Kreisverkehren und den dadurch veränderten Gehsteigen musste er in letzter Zeit aufpassen. Aber er merkte sofort, wenn etwas verändert worden war. Entweder hörte man ohnehin schon im Vorhinein im Radio oder von Bekannten davon, dass irgendwo um- oder neu gebaut wurde, oder er merkte es daran, wie sich das Trottoir oder die Straße unter den Schritten anhörte und -fühlte. In letzter Zeit wurde in Bugojno weniger betoniert, Gehwege wurden öfter aus Steinplatten in verschiedenen Größen und Mustern zusammengelegt. Vlado mochte die Regelmäßigkeit der einzelnen Muster und die Abwechslung zwischen größeren Quadraten, Puzzlestück-ähnlich zusammengesetzten Teilen und kleinen Rechtecken. Die Muster halfen seinem Körper auch, sich die neuen Routen einzuprägen.

Neben Kreisverkehren und Steinplatten waren auch Bremsschwellen modern geworden, und die mochte Vlado überhaupt nicht. Er konnte sich zwar merken, wo in der Stadt wie hohe Bremsschwellen montiert worden waren, doch eben weil er seine Schritte nicht mehr zählte, wusste er nicht hundertprozentig, wann und bei welchem Schritt er auf die Erhöhungen treffen würde. Zu stolpern oder auch nur sich beim Gehen in irgendeiner Form ungeschickt anzustellen war für ihn keine Option, und deshalb mied er Wege, auf denen diese „liegende Polizisten" genannten länglichen Verkehrsberuhiger waren.

Bei der Rückgeldherausgabe hatte ihn in Bugojno noch nie jemand betrogen, hier kannten sich schließlich alle gegenseitig. Auch heute spürte er es gleich in seiner Hand: richtige Münzenanzahl und -größe. Wie immer freundlich grüßend verließ er die kleine Ćevabdžinica und machte sich mit der Plastiktüte, in der drei, jeweils einzeln in schon beim Einpacken durchgefettetes Papier gewickelte, mit Zwiebel und kleinen faschierten Würstchen gefüllte Fladenbrote lagen, auf den Weg zurück in die Wohnung.

Telefonist hätte Vlado werden sollen, dazu hatten sie ihn im Internat für Gehörlose ausgebildet. In einer der größten und modernsten Telefonzentralen des Landes, jener in der Schreibmaschinenfabrik, wo der Vater eine Abteilung leitete, hätte er nach der Schule arbeiten sollen. Aber dann kam der Krieg, und nach dem Krieg gab es keine Telefonzentralen mehr, nicht mehr in dieser Form. Der Krieg hatte die alten Telefonzentralen zerstört, und während er weiter und anderswo wütete, war auch die Technik schon unbeirrt weiter fortgeschritten. Und so blieb Vlado nach dem Krieg nichts anderes mehr übrig, als sich mit einer kleinen Behindertenpension zurechtzufinden. Mit dem Vater zusammenzuwohnen hatte seine Vorteile, immerhin hätten sie sich alleine keine Wohnung leisten können. Und die beiden Pensionen gemeinsam reichten für ein bescheidenes Leben in der nach dem Krieg zunächst ausgestorbenen Stadt. Wo hätten sie auch hingehen sollen? Vlado, fast blind, der Vater, von einem Schlaganfall halbseitig gelähmt – nein, sie hatten gar keine andere Wahl, als hierzubleiben. Schon während des Kriegs war ihnen nichts anderes übrig geblieben, als in ihrem Turmzimmer zu warten, dass alles vorbeiging. Wenn nach einem Angriff das Sirenengeheul aufgehört hatte und der Bomben- und Gewehrlärm weniger geworden war, waren Familien vorsichtig aus den Kellern die Stufen nach oben gegangen in der Hoffnung, dass ihre Wohnungen nicht getroffen worden waren. Vlado und der Vater, die den Weg in den Keller niemals geschafft hätten und deshalb in ihrem Turmzimmer ausgeharrt hatten, hatten jedes Mal Glück gehabt. Andere fanden sich oft, wenn sie ihre Wohnungstüren wieder öffneten, vor einem gähnenden Abgrund wieder.

Vielleicht spielte Vlado deshalb gerne Lotto: Er glaubte an das Glück. Lotto, Musik und Fußball waren seine

Hobbys, denen er gerne mit dem Vater und noch viel lieber ohne den Vater nachging. Fünfundzwanzig Jahre alleine mit dem Vater in der Wohnung – die Mutter war kurz vor dem Krieg an Lungenkrebs gestorben – und Vlado kannte alle Geschichten, alle Anekdoten, alle Witze des trotz seines fortgeschrittenen Alters und seiner gesundheitlichen Rückschläge vitalen Vaters. Deshalb verkroch sich Vlado eigentlich am liebsten in die Küche oder im kalten Schlafzimmer, um Musikkassetten zu hören oder den Radioberichten verschiedener Fußballspiele zu folgen. Gerne spielte er auch mit seinem Handy herum, das ihm seine Schwester Dunja bei einem Besuch mit ihrer Familie vor längerer Zeit – obwohl sein Gedächtnis meistens unfehlbar war, konnte Vlado sich gar nicht mehr erinnern, wie viele Jahre es genau gewesen waren – mitgebracht hatte. Es war ein sogenanntes Seniorenhandy mit besonders deutlich beschrifteten Tasten und großer Display-Schrift, funktional und ohne Schnickschnack. Stundenlang konnte Vlado damit verbringen, Kontakte einzugeben und zu ordnen, Klingeltöne auszusuchen, gar SMS-Nachrichten zu schreiben – die Buchstaben am Display konnte er mit etwas Mühe erkennen, wenn er es ganz nahe, auf etwa ein oder zwei Zentimeter Entfernung, an sein linkes Auge brachte. Allerdings passierte es ihm da manchmal, dass er eine SMS mit dem Inhalt „SOS EMERGENCY“ an einen Kontakt verschickte. Es war am Seniorenhandy nämlich so eingerichtet, dass diese Nachricht automatisch versandt wurde, wenn man eine kurze Tastenkombination eingab. Praktisch für Senioren in Notlagen, aber verhasst von Vlado, der sich selbst nie Fehler im täglichen Umgang erlaubte. Seiner Nichte Lara hatte er einmal mitten in der Nacht eine „SOS EMERGENCY“-Nachricht geschickt, woraufhin diese umgehend besorgt angerufen hatte. Vlado ärgerte sich noch immer über diesen Vorfall und versuchte seitdem, sich die einzelnen Schritte und Verzweigungen im Menü seines Handys schärfer in sein Gedächtnis zu brennen.

Beim Kiosk um die Ecke kaufte Vlado einen Lottoschein und drei Rubbel-Lose. Diese mochte er eigentlich nicht so gerne, da die beim Rubbeln entstehenden Fusseln ihn störten und die glatte, spiegelnde Oberfläche darunter es ihm schwieriger machte, die für ihn ohnedies oft verwirrenden Zahlen oder Symbole zu erkennen. Doch heute war wegen Laras Besuch ein besonderer Tag und deshalb hatte er für sich selbst, den Vater und Lara diese kleine Überraschung geplant.

Als er in seine Straße einbog, kam ein plötzlicher, kalter Windstoß über den dreieckigen Platz gefegt. Vlado zog den Reißverschluss seiner Jacke hoch und hielt mit einer Hand die Baseballkappe fest, die ihm vom Kopf zu rutschen drohte. Bei so einem Wetter, so bildete er sich das jedenfalls ein, schmerzten seine alten Narben. Als Säugling hatte er einen Wasserkopf gehabt und davon und von den Operationen waren ihm viele lange Narben am Kopf und auf der Brust geblieben, so hatte er auch sein Augenlicht verloren. Auch heute noch war Vlados Kopf im Vergleich zu seinem Körper etwas größer, deshalb passten ihm nicht viele Baseballkappen, und er musste umso besser aufpassen, sie nicht zu verlieren.

Er ging über den großen Platz in Richtung der Hochhäuser. Weil ihm kalt war, ging er ausnahmsweise den direkten Weg über den Rasen statt auf dem Pflasterstein-Pfad. Noch vor ein paar Jahren war auf diesem Platz gar nichts gewesen außer hellbrauner, toter Erde und vertrocknetem Gestrüpp. Hier trafen sich in den Jahren nach dem Krieg meist die Straßenhunde der Stadt. Heute war das dreieckige Grundstück wieder grün, ein neuer Rasen und neu gepflanzte Bäume machten daraus einen kleinen Park.

Während viele Jahre lang die Haustüren der Wohnhausanlage, in der Vlado mit dem Vater wohnte, fehlten oder aufgebrochen offen standen, waren nun moderne, schwere Feuersicherheitstüren an den Eingängen installiert. Die Familien aus den Wohnungen, die zerbombt worden waren – oder deren Nachmieter – hatten mittlerweile die Wände in Eigenarbeit wieder hochgezogen. Selbst die zerbrochenen Glasscheiben im zugigen Stiegenhaus wurden langsam ersetzt.

Auf dem Weg hinauf hob Vlado noch einmal das Display seines Handys gegen sein Auge. Im dunklen Stiegenhaus lieferte das Leuchten der Anzeige einen scharfen Kontrast, der ihm das Erkennen der Uhrzeit einfacher machte. „Genau richtig“, dachte er und stapfte weiter.

Die wahre Paranoia der Postmoderne ist es ja, überall Kafka zu vermuten. Es braucht nur eine Situation etwas verzwickt, bürokratisch oder paradox zu sein, und schon schreien alle: „Kafkaesk!“ Es muss nur ein Prozess stattfinden oder nicht, eine Amtshandlung zu schnell oder zu langsam passieren, ein Unglück geschehen oder knapp abgewandt werden, und schon klingeln das Feuilleton und der Politikteil Kafka aus dem Grab. Schon die Schaffung dieses Begriffs „kafkaesk“ ist eigentlich eine Beleidigung Franz Kafkas, als könnte man sein Werk und seine Welt in einem Wort zusammenfassen. Nein, Kafka ist ein Sakrileg, und so ist er auch zu behandeln. Kafka-Vergleiche und Holocaust-Vergleiche: niemals angebracht. Ich weiß, wovon ich spreche, ich habe in Sarajevo Kafka studiert, Kafka und Goethe. Kafka-Studierende müssen zum Schluss kommen, nichts weiter hinzufügen zu können zu dem, was Kafka geschrieben hat, und müssen ihre Arbeit niederlegen, sonst sind sie nicht ernst zu nehmen. Wer Kafka einfühlsam liest und eifrig studiert und glaubt, er oder sie könne nach der Lektüre Kafkas Gesamtwerks noch etwas hinzufügen, muss größenwahnsinnig sein oder größenwahnsinnig geworden sein. Vielleicht ist das auch eine Wirkung von Kafkas Texten, dass sie die Menschen immer größenwahnsinniger und größenwahnsinniger werden lassen, ihnen das Gefühl vermitteln, sie hätten durch Kafka-Lektüre immer mehr verstanden, statt immer weniger. Ich weiß es nicht, ich habe schließlich meine Kafka-Karriere niedergelegt und mich dem Konjunktiv II gewidmet, einem weitaus sinnvollerem Studienobjekt.

Überhaupt lese ich gar keine Literatur mehr, seit dem Krieg nicht mehr, der Krieg hat die Literatur umgebracht. Auch verfolge ich die ganze Literaturszene nicht mehr, obwohl ich Germanistik studiert habe. Das Letzte, was mir zu Ohren gekommen ist, war Günter Grass’ skandalöse Autobiografie. Ich finde, SS-Grass sollte sein Literaturnobelpreis aberkannt werden, generell ist es eine unfassbare Dreistigkeit, dass er ihn überhaupt angenommen hat, im Wissen, wie viele jüdische Autoren vertrieben und ermordet worden sind. Dass Günter Grass noch immer einen Nobelpreis für Literatur hat, ist die letzte relevante Nachricht aus dem Literaturbetrieb. Sie sagt alles über ihn und das Schreiben. Meine Familie – Lara zum Beispiel oder meine jüngste Schwester Spomenka, die beiden sind sich sehr ähnlich – schenkt mir manchmal zum Geburtstag oder zu anderen Feierlichkeiten noch Belletristik, Bücher über das Dasein als Lehrer oder Bücher, in denen es um Schach geht. Ich lese sie meistens nicht, weil ich weiß, wie schlecht solche Bücher sind.

Schach übt ja seit langer Zeit schon eine gewisse Faszination auf die Literaten aus. Sie interessieren sich dabei aber ausschließlich für die Schachgenies – abgesehen von den Krimis, in denen ein Schachspiel zum Mörder führt. Hier kommen auch Schachlaien vor, meistens sind es natürlich die Detektive. Schachkrimis gehören zur niedersten Sorte Schachliteratur. Jeder mittelmäßigste Schachspieler könnte bei einem Blick auf die im Buch zitierte Stellung sagen, welche Figur und entsprechend wer der Mörder des Königs oder eben einer anderen Figur war.

Aber abgesehen von Schachkrimis interessiert sich die Literatur nur für Schachgenies, nie für die tausenden anderen Schachspieler, die keine Wunderkinder sind, keine frühen Meister, keine Revolutionäre oder gefinkelten Schlaufüchse, sondern stinknormale, in jeder einzelnen

Facette durchschnittliche Schachspieler. Vielleicht würden sich die Literaten dann auch besser auskennen mit dem Schach, der Wunderkind-Fokus verschleiert Ungenauigkeiten und Faulheit bei der Recherche. Da kann man einfach sagen, da ist ein Zwölfjähriger ohne tägliches Training oder stundenlanges Studieren und Analysieren von Partien Weltmeister geworden. Weil das eben ein Genie ist, das den Autor davon befreit, genau zu erklären, wie das Schachspiel und seine Kämpfe, seine Turniere funktionieren. Der Autor muss sich nicht mit lästigen Fakten herumschlagen. Das Genie entlässt ihn aus seiner Verantwortung den Lesern gegenüber. Wie praktisch.

Überhaupt konzentrieren sich die Autoren gar nicht auf die zweifellos interessanten, aber unbekannteren Mechaniken und Feinheiten des Schachs. In ihren Schachbüchern interessiert sie viel weniger der Spielvorgang als vielmehr der Wahn, den sie hinter jedem Schachgenie vermuten. Wer ein Schachgenie ist, muss ein Wahnsinniger sein, denken die Autoren, überhaupt ist Schachliteratur eine einzige Wahnliteratur. Die Literaten wollen gar nicht über Schach schreiben, sondern über den Wahnsinn, und wenn du mich fragst, dann ist das der eigentliche Wahn. Wenn du in jedem Genie, in jeder Hingabe einen Wahn vermutest, dann stimmt etwas mit dir nicht. Die meisten Schachspieler sind langweilige Leute, überhaupt keine Wahnsinnigen und erst recht keine Genies. Hart arbeitende Sportler sind sie, und absolut uninteressant ist der Schachsport, voller Leeren und Gähnen und reglosem Sitzen vor dem Schachbrett. Ich kann sie nicht mehr lesen, diese Schachliteratur. Nichts ist dem Schach ferner als die Schachliteratur, nichts dem Schachspieler ferner als das Wahngenie.

Soll die Literatur sich an einem anderen Spiel vergreifen, Uno oder Happy Hippo, das Schach braucht die Literatur nicht.

Stellt euch vor, ein Ding wäre für sich schön genug, ohne dass darüber Worte verloren werden müssten – da wären die Literaten aber schnell arbeitslos, wenn die Leute sie nicht mehr ständig bräuchten, damit sie ihnen sagen, was schön und geheimnisvoll und anziehend ist. Die Literatur will die Dinge der Welt einfangen und in den Wörterzoo packen. Wenn das kein Wahn ist, dann weiß ich auch nicht.

beautywithaknife.tumblr.com/post/889101187734/beim-schneiden-der-ichzwiebel

Es ist jetzt schon etwa zweieinhalb Jahre her, dass ich mich zum letzten Mal geritzt habe. Angefangen hat es mit Scherenritzen, das war aber eine ziemliche Arbeit. Scheren sind gar nicht so scharf, wie uns in der Schule immer eingetrichtert wurde. Sicher, man kann sich bestimmt mit einer Schere stechen, wenn man unvorsichtig mit ihr herumläuft und dann stolpert und irgendwie blöd auf die Schere drauf fällt. Das ist doch immer die Horrorgeschichte, die den Kindern bei Schulantritt eingetrichtert wird, oder? Ist aber ziemlich unwahrscheinlich; da muss man wirklich sehr viel Pech haben, damit alle Parameter des Falles passen. Überhaupt frage ich mich, ob das in der Geschichte der Menschheit schon passiert ist, dass sich jemand beim Hinfallen ernsthaft mit der Schere in den Bauch oder ins Auge gestochen hat. Das habe ich aber generell nie verstanden, warum man Kinder immer mit der Angst vor erfundenen oder unwahrscheinlichen Dingen erziehen muss, aber vielleicht kommen gerade daher auch ein bisschen meine Ängste. Angst vor Weltuntergängen, Angst vorm Verlassenwerden, Angst vor Veränderungen. Wenn du von klein auf lernst, dir immer alle möglichen Arten davon vorzustellen, wie etwas schieflaufen kann, natürlich entwickelst du dann eine Paranoia, ist ja ganz klar. Ich glaube, die einzige pure Angs,t die ich habe, die bei mir nicht die Erziehung oder die Umwelt verbrochen haben, ist meine Panik vor Heuschrecken. Das ist reiner Reflex, das ist ein Destillat irgendeines urmenschlichen Überlebensdrangs von vor vielen hunderttausenden Jahren, würden wohl die Anhänger_innen einer Evolutionspsychologie sagen. Andere Menschen haben das mit Spinnen, Schlangen oder Ratten, glaube ich. Die Heuschreckenangst ist bei mir ein Zwang. Das Wegkommen von der Heuschrecke ist eine plötzliche, körperliche Notwendigkeit, die mich überkommt. Da gibt es kein großes Reden oder Überlegen, ich muss weg von dieser Heuschrecke. Beherrschung als Konzept existiert in diesem Moment nicht mehr. So eine naive, organische Angst kann ja irgendwie auch etwas Schönes sein, denn da fallen angelernte Verhaltensweisen, persönliche, zusammengepflückte Eigenheiten, angesammelte und angebaute Individualitäten – kurz, alles, was man sich im Laufe der

Jahre als Selbst angeramscht hat – weg. Das Ich ist eine Hornhaut über einer zu stark beanspruchten Stelle, das Ich ist eine zwiebelförmig um einen identitätsstiftenden Keim verdichtete Wucherung, das Ich ist ein wachsender Knoten in einem gezerrten Denkmuskel, eine Kalkschulter, eine Verspannung. Und Kopfängste sitzen oft im Kern der Ichknoten, sie lassen gleichzeitig neue Ichschichten um den Ichknoten wachsen. Heuschrecken-, Spinnen-, Schlangen- oder Rattenängste sind da anders, die treten ganz an die Stelle des Ichs. Ich bin dann nicht mehr mein chronisch-chronologisch angestautes Selbst, ich bin die Nicht-Heuschrecke und das Wegsein von der Heuschrecke und nur das. In diesem Sinne sind meine Heuschreckenängste eine Befreiung. Vielleicht müssen alle Dinge, die besonders schön und befreiend sind, auch bedrohlich sein. Wie das Meer, zum Beispiel.

Wenn ich so genauer drüber nachdenke, fällt mir aber doch etwas ein, was die Heuschreckenangst wenn nicht hervorgerufen, dann mindestens begünstigt hat: Sowohl in der Schule im Religionsunterricht als auch in den zahlreichen Kinderbibeln und Kinderbibelgeschichten voller Illustrationen spielte die alttestamentarische Heuschreckenplage immer eine große Rolle. Meine Religionslehrerin hat uns immer Bilder aus dem Alten Testament zum Ausmalen gegeben, zum Beispiel Moses mit den zehn Geboten, Jesus auf seinem Esel auf dem Weg nach Jericho, Gott im brennenden Busch und so weiter. Eines von diesen Bildern war auch die Heuschreckenplage als Teil der zehn Plagen im alten Ägypten. Ich kann mich erinnern, wie schwierig es war, die einzelnen Heuschrecken alle ordentlich auszumalen. Selbstverständlich durfte man mit dem Buntstift nämlich nicht „ausfahren“ und etwa unabsichtlich einen Himmelteil braun anmalen, der bekanntlich hellblau gehört. Ich habe mir die Schwärme von Heuschrecken nicht so schlimm vorgestellt, sicher nicht so schlimm wie Wasser, das sich in Blut verwandelt, oder andauernde Finsternis oder den Tod aller Erstgeborenen. Dann wurde ich eines Besseren belehrt: Meine erste Begegnung mit einer Heuschrecke – als Wiener Stadtkind – fand auf unserer ersten Reise nach Šibenik statt. Gleich beim ersten Spaziergang vor dem Haus sprang mir eine etwa zehn Zentimeter lange Heuschrecke mit einem dumpfen Laut direkt auf die Schulter. Kroatien hatte direkt nach dem Krieg eine mehrere Jahre andauernde Heuschreckenplage heimgesucht; man konnte kaum zu Fuß gehen, ohne alle paar Meter auf eine große braune Schrecke draufzusteigen. Dabei ertönte immer ein entsetzlich saftiges Knacken und auf der Straße hinterließ dies einen großen, unförmigen braunen Fleck. Nichts da mit sorgfältig ausgemalt.

Sehr wichtig neben dem korrekten Kolorieren von vorgefertigten Zeichnungen war in der Schule auch das korrekte Ausschneiden vorgefertigter Zeichnungen. Ich weiß nicht, welche Kompetenz dies überhaupt schulen soll, Geduld vielleicht. Selten braucht man im Leben millimetergenaue Ausschneide-Skills, außer man beschäftigt sich später hobbymäßig oder professionell mit solchen Dingen, aber dann tut man dies ja meist aus Eigenantrieb und braucht die ganze angelernte, angezwungene Geduld nicht. Jedenfalls mussten alle Papiertierchen, geometrischen Papierförmchen, -pflänzchen, -jesuse – oder -jesi? – immer richtig ausgeschnitten werden, und richtig hieß genau am alleräußersten Rand der schwarzen dicken Außenlinien, nicht zu weit innen, sodass man die schwarze Kontur nicht mehr sah, aber auch nicht so weit außen, dass man dem Ganzen noch einen weißen Extrarand verpasste. Falsch ausschneiden war mindestens so schlimm wie falsch ausmalen. Wer keinen sogenannten „hautfarbenen" Stift für Jesu Gesicht hatte, bekam sofort ein Minus, und wer Jesus versehentlich irgendwo am Körper mit der Schere einritzte, auch.

Sich selbst sollte man auch nicht mit der Schere ritzen, weil das etwas umständlich und – weil Scheren wie gesagt gar nicht wirklich scharf sind – nicht sonderlich befriedigend ist. Es ist tatsächlich ein Ritzen, ein ständiges Hin und Her, nicht ein Schneiden der Haut, was die meisten Leute eigentlich meinen, wenn sie ritzen sagen. Aber in meinem und wahrscheinlich in vielen anderen ähnlichen Kinderzimmern gab es nun mal keinen anderen vergleichbar spitzen Gegenstand und in die Küche oder ins Badezimmer zu laufen ist in solchen Momenten oft keine Option, und so musste ich meine Ritz-Karriere eben mit diesem ersten großen Fehler beginnen. Der nächste Fehler kann beim Aussuchen der Stelle passieren. Die meisten, auch ich, beginnen mit dem Unterarm der schwächeren Hand. Diese Stelle ist allerdings zu exponiert. Wer nicht rund um die Uhr aufpasst, läuft Gefahr, wegen der komischen blutigen Kratzer und Spuren am Arm ständig gefragt zu werden. Und selbst wenn man sich ritzt, eben um gefragt zu werden, als oft bemühter „Hilfeschrei" – es kommt eine Zeit, versprochen, da will man das nicht mehr.

Deshalb empfehle ich zum Ritzen eher die Oberschenkel. Manche Leute machen es auch am Bauch oder am Oberarm, das sind auch Orte, die leichter zu verstecken sind. Ich bin später werkzeugmäßig von der Schere auf das Messer umgestiegen, andere verwenden da lieber Rasierklingen. Mir sind Rasierklingen zu fein. Das Rasierklingenritzen ist eine zu feinmotorische Angelegenheit, als dass ich das in diesen Momenten zusammenbringen würde. Außerdem fühlt man beim Rasierklingenritzen den Widerstand, den Haut und Fleisch darstellen, weniger oder fast gar nicht, je nach Schärfe und Alter der Rasierklinge. Das gefällt mir nicht, das macht mir sogar ein wenig Angst, da könnte man sich ja unabsichtlich noch stärker verletzen, als man eigentlich will. Und ich ritze mich in Wirklichkeit nicht, um mir dauernde Verletzungen zuzuführen, sondern eher, weil ich mir denke, jetzt muss etwas passieren, sonst ...! Sonst werde ich wahnsinnig, sonst drehe ich durch. Und da, in den Momenten, wo es sich so anfühlt, als würde die Gedankenrotation(smaschine) einer die Hirnrinde von innen abraspeln, wegschleifen, in den Augenblicken, wo die Panik einer die Trommelfelle dumpf nach außen drücken, in den Minuten, wo jede Faser des Körpers nach außen gezogen wird wie beim Entfernen einer Naht – da hilft es, sich auf irgendetwas konzentrieren zu können, und sei es das eigene Blut, das langsam in wie Perlen aufgefädelten Tropfen aus der dünnen Wunde austritt, oder der überraschend milde Schmerz, der davon ausgeht.

Vielleicht ritze ich mich, damit etwas Drastisches passiert, das ausgleichen soll, dass etwas anderes Drastisches passiert ist. Mit den anderen Menschen passieren überhaupt ständig Dinge, dabei will ich nur in Ruhe mein Leben leben, mit Konstanz und Sicherheit und Zuverlässigkeit, ich kann nicht ständig haben, dass etwas passiert. Ich will generell, dass das mit dem Passieren aufhört (das ist mir zu sprunghaft und zu plötzlich), die Welt soll sein und nicht passieren.

Unabhängig davon, wie man das mit dem Ritzen nun am liebsten macht, ist später die Nachbehandlung sehr wichtig. Erstens weil sie ebenfalls eine Beschäftigungstherapie sein kann, einen Fokus geben, eine Ablenkung darstellen und dadurch den Leidensdruck mildern kann und zweitens weil man sich überlegen muss, was man denn nun mit den Wunden und den etwaigen Narben, die entstehen können, tun möchte.

Einal habe ich in der Straßenbahn, als es modern war, sogenannter „Emo" zu sein, also einer Subkultur zuzugehören, die emotionale Rockmusik hört, sich schwarz anzieht und die Haare über das traurige Gesicht trägt, ein paar Mädchen gesehen, die über den noch frischen Wunden an ihren Unterarmen durchsichtiges Klebeband trugen. Ich kann mir nur vorstellen, dass das dazu dienen sollte, die Wunden nicht an die Luft zu lassen und somit den Heilungsprozess zu stoppen. Oder die Wunden waren so tief, dass man sie hätte nähen müssen, und die Mädchen wollten sie so wie im Sport oder in der Armee zusammenkleben. Oder vielleicht ist es auch schmerzlindernd, eine Barriere zwischen den offenen und deshalb sehr empfindlichen Wunden und der Kleidung drüber zu tragen, und Klebeband ist da etwas unauffälliger als weiße Verbände an beiden Armen. Wie dem auch sei, die Wundenbetreuung gehört unweigerlich zum Ritzen dazu, nicht nur für „Emo-Kids", sondern auch für all die vielen anderen Menschen, die sich ebenfalls ritzen.

In diesen Dingen rate ich immer zur bereits erwähnten Bepanthen Wund- und Heilsalbe, die es gar nicht teuer in der Apotheke gibt. Ich habe sehr schlechte Wundheilung, weil ich einen Vitaminmangel und ein schlechtes Immunsystem habe. Wenn ich keine Bepanthen verwende, dann können meine Schnitte wochenlang krustig sein; Narben bleiben auch auf jeden Fall. Das mit den Narben sollte man sich wirklich gut überlegen: Ich verstehe, dass einige vielleicht meinen, dass das eben auch zu ihrem Leben dazugehört und dass die Narben an etwas Wichtiges erinnern oder auch mahnen können. Aber man muss sich immer vor Augen halten, dass die Narben unweigerlich auch andere Menschen sehen werden. Eltern und Familie, die sich Sorgen machen werden. Eltern und Familie, die dann Fragen stellen werden. Eltern und Familie, die keine Fragen stellen werden, was vielleicht noch schlimmer ist. Etwaige Sexpartner_innen, die beim Streicheln darauf stoßen. Freund_innen, Kolleg_innen ... Es gibt unter den Ritzer_innen auch Menschen, die das machen, gerade damit es andere Leute sehen. Um sie damit zu bestrafen, dass sie so sehen müssen, was man sich wegen ihnen angetan hat. Ich glaube nicht, dass ich so eine bin, möchte das aber auch gar nicht diskreditieren. Ich ritze mich eher, um mich selbst zu bestrafen. Ich denke mir nämlich: Von den Leuten, die in das Problem verwickelt sind, bin ich am ehesten der Computer. Wegen der Ängste nämlich. Weil ich diese ganzen Ängste habe und mir deshalb szenariotechnisch immer alles vorstelle, alle Möglichkeiten durchrechne und alle Situationen im Kopf durchspiele, um vorbereitet zu sein auf etwaige Schicksalsschläge und Schwierigkeiten, muss ich an dem schuld sein, was passiert ist. Es ist ganz einfache Logik. Die Menschen sind Menschen und machen Menschendinge, ich bin der Rechner, die Angstmaschine, die vor sich hin rattert. Und wenn schon wieder etwas passiert, dann ist es, weil die Angstmaschine nicht richtig eingestellt war und einen Rechenfehler gemacht hat, sonst hätte die Angstmaschine die Problematiken frühzeitig erkannt, die Situationen abgewandt.

Mit dem Ritzen kühle ich das überhitzte, gefährlich hochtourig dröhnende Angstmaschinen-Ich ab, die feinen Linien austretenden Bluts werden die geometrischen Orte, an denen das sich in alle Richtungen ausdehnende Angstmaschinen-Ich und Normal-Ich langsam wieder kongruent werden, die dunkelroten Koordinaten einer Beruhigung. Die Abfolge der Bilder im Kopf, die verschiedenen durchgerechneten Gesprächsabläufe, Entscheidungsbäume, Parallelwelten und möglichen Situationen werden in den Millimetern zwischen Messer und Haut zu Singularitäten zurückgestaucht, die Vorwürfe gegen mich vorerst in die Geraden gebannt.

Eine Zeit lang habe ich es sehr bereut, mich am Anfang schlecht um meine Wunden gekümmert zu haben. Meine Hauptritzzeit hat allerdings auch stattgefunden, bevor ich Bepanthen kennengelernt habe. Insbesondere die Narben auf den Oberschenkeln sind mir oft zum Verhängnis geworden, besonders im Sommer, beim Strandbesuch mit der Familie – auch, weil ich nach der

Haupt-Oberschenkel-Ritz-Zeit einen Wachstumsschub hatte, der die Narben in die Breite gezogen hat. Damals habe ich oft erzählt, dass ich die Oberschenkelritzer von einem Katzenwaschtag hätte. Meine Katze sei in giftige Farbe gefallen und ich hätte mit ihr deshalb unter die Dusche müssen, was ihr naturgemäß nicht sonderlich zugesagt hätte. Eine durchsichtige Lügengeschichte, aber das war auch noch, bevor ich stark genug war, um einfach zu sagen, dass ich nicht darüber reden wollte. Interessanterweise fragten jene Familienmitglieder, die mir näherstanden, nicht nach meinen Narben. Vielleicht fühlten sie meinen Unwillen, zu kommunizieren. Besonders jene Familienmitglieder, die am wenigsten über mich wussten und sich irgendwie sonst am wenigsten um mich scherten, waren am hartnäckigsten beim Narbenfragen.

Am höflichsten gefragt hat mein Zahnarzt, der auch mein Onkel ist. Als er auf meinen krampfhaft an den Sessel geklammerten Armen die Narben erkannte und sie mit den schlechten Zähnen kombinierte, fragte er mich, ob ich Bulimie hätte. Hier konnte ich ehrlich sein: Nein. Meine Zähne waren schlecht, weil ich ständig nur Cola trank und nie Zähne putzte. Da fühlte ich mich irgendwie noch mehr ertappt, als wenn ich Bulimie gehabt hätte.

Heute ärgere ich mich nicht mehr so sehr über mein früheres Ich und versuche auch nicht mehr, die Narben zu überdecken. Ich habe bemerkt, dass die Leute viel weniger genau schauen, als man glaubt, und dass sie es auch seltener bemerken, wenn man selbst nicht ständig daran denkt und an der Kleidung herumzupft. Zusätzlich habe ich aufgehört, mich zu sonnen, was meine Haut über die Jahre aufgehellt hat, sodass sie fast denselben helleren Hautton wie die Narben hat.

Das Sonnenbaden mochte ich sowieso überhaupt nie, habe es aber gemacht, wahrscheinlich weil das alle so gemacht haben. Mich stört das, wenn man vom Badeanzug oder vom Bikini später helle Abdrücke auf der Haut hat. Immer wenn ich braungebrannte Mädchen sehe, die quasi ein zweites Paar weißer BH-Träger oder gar knallweiße Linien um den Hals haben, bekomme ich das Bedürfnis, ihnen diese auszuziehen. Generell finde ich, dass Bikini-Abdrücke es so aussehen lassen, als hätte man noch etwas auszuziehen, wenn man eigentlich schon nackt ist. Das kommt mir sehr unnatürlich vor, die Menschen sind nicht für Bademodenabdrücke gemacht, man stelle sich nur Adam und Eva mit einem feigenblattförmigen Sonnenbrand vor.

Gegen Ritznarben, wenn sie schon einmal manifestiert sind, kann man nur mehr wenig tun, obwohl es wie gesagt wegen des verminderten Kontrasts hilft, sich weniger zu sonnen und die Wunde so lange wie möglich mit Bepanthen einzuschmieren. Manche Hautärzt_innen sowie Beauty-Studios bieten spezielle Laser-Behandlungen gegen Narben und Narbenbildung an, doch je nach Größe, Alter und Lage der Narbe kann das mehr oder weniger effektiv sein. Unter Tattoos verstecken lassen sich die meisten Narben allerdings gut, sofern sie schon etwas älter sind. Über frische Ritzereien kann man nicht stechen. Ich stelle mir vor, meine Ritzereien als Teile weißer Tattoos – ja, es gibt auch weiße Tattoo-Tinte – in eine Ansammlung von Ringen um die Gliedmaßen einbauen zu lassen. Also viele kleine, dünne, weiße Armreifen und einige dickere, weiße Oberschenkelreifen. Aber Tattoos – selbst weiße und feine, beziehungsweise die wohl besonders – verblassen und verschwimmen und müssen nachgestochen werden, Narben nicht. Auf jeden Fall könnte man aber immer sagen, dass es einfach ein Tattoo ist, oder würde eben deshalb gar nicht mehr peinlich berührt werden. Wenn die Leute wissen wollen, ob man daran denke, sich umzubringen, sollte man antworten, dass das lächerlich sei: Jede_r wisse, dass man sich die Pulsadern der Länge nach aufschneide, nicht quer.

beautywithaknife.tumblr.com/post/100191855434/einzelkinder-haben-keine-regelschmerzen

Ich habe nie verstanden, warum manche Menschen so eine Aversion gegen Tabletten haben. Warum sollte man sich unnötig mit Schmerz quälen, wenn es gegen fast alles ein Mittelchen gibt? Meist sind das dann auch noch Menschen, die nur wenig Erfahrung mit Pillen haben. Typisch: Angst vor dem, was man nicht kennt. Ibumetin (oder Parkemed, das ist eher Mainstream) und Buscopan sollte jeder Mensch, der nicht von plötzlichen Kopf-, Regel- oder Bauchschmerzen überrascht werden will, immer in der Geldtasche haben. Wobei, ich habe ja keine Regelschmerzen, also das bleibt mir wenigstens erspart. Ich kann mich noch daran erinnern, als meine Cousine

Maja, die Tochter meines verstorbenen Onkels, die vier Jahre älter ist als ich, in die Pubertät gekommen ist: Bei den gemeinsamen Strandurlauben in Solaris hat sie ständig über Regelschmerzen geklagt, ohne dabei je zu wagen, das Wort Regelschmerzen in den Mund zu nehmen. Für mich, die ich noch naiv und neun, zehn oder elf Jahre alt war, waren Majas Regelschmerzen ein großes Problem, denn ich wurde oft mit ihr allein gelassen, und wenn sie gerade mit Schmerzen auf dem Sofa oder der Sonnenliege lag, dann musste ich mich ruhig in der Nähe beschäftigen, wo ich doch viel lieber mit ihr schwimmen, Eis essen oder rutschen gegangen wäre. Majas Regelschmerzen waren der ultimative Partyverderber, doch für sie waren sie die Möglichkeit, in einer riesigen Familie mit Dutzenden Kindern und Cousinen einen Moment der Ruhe und auch der Fürsorge zu bekommen. Maja und ihre Schwester Nela konkurrierten ständig um die Gunst der verwitweten Mutter und auch die der anderen Familienmitglieder. Ich bin Einzelkind, deshalb habe ich wahrscheinlich keine Regelschmerzen. Und selbst wenn: Ich würde sie sofort mit Schmerzmitteln wegjagen und nicht warten und hoffen, dass sie von selbst verschwinden. Meine Mutter nimmt sogar täglich zur Sicherheit ein Aspirin C. Es könnte ja sein, dass sich gerade ein Kopfschmerz anbahnt, und da will man lieber gewappnet sein. Aspirin C ist mir persönlich zu schwach, außerdem verabscheue ich lösliche Tabletten. Lösliche Tabletten führen das ganze großartige Prinzip von Tabletten ad absurdum, das ist wie würzige Palatschinken: Wer würzige Palatschinken isst, hat das Konzept Palatschinke nicht verstanden.

Bisher hatte ich nur ein ernsthaftes Problem mit Tabletten: Es hat ewig gedauert, das richtige Antidepressivum zu finden. Viele verschiedene habe ich über die Jahre genommen, erst beim sechsten habe ich überhaupt eine Veränderung gespürt. Trittico, Effectin, Paroxetin, Sertralin, Cipralex: keine Wirkung. Obwohl, doch – Trittico hat mich schon bei der kleinsten Dosis komplett benommen gemacht. Aber die anderen konnte ich wirklich monatelang schlucken, ohne dass ich irgendeine Form von Veränderung gespürt hätte, geschweige denn eine Verbesserung. Trotzdem glaube ich an Tabletten. Und damit meine ich jetzt nicht klassische Drogen. Die waren mir immer ein Rätsel: Ob mit Kokain, Cannabis oder Kubanischen Kahlköpfen – Bewusstseinserweiterung, wie es so schön heißt, das geht nur, wenn man dem Bewusstsein prinzipiell positiv gegenübersteht. Ich will durch Drogen keine Bewusstseinserweiterung, ich will durch Drogen kein Bewusst-Sein; ich will schlafen, endlich schlafen können. Das sind zwei komplett diametral entgegengesetzte Lebensentwürfe.

Einmal nur habe ich Drogen probiert – wobei, wahrscheinlich sollte man eher „illegale Drogen" schreiben, oder das englische „drugs" mit seiner bezeichnenden Doppeldeutigkeit anführen, denn welche Mittel als Drogen und welche als Medikamente klassifiziert werden, ist historisch gewachsen und somit komplett willkürlich. Ich war gerade neu beim Bezirksblatt und hatte die Aufgabe, wegen einer Story mit dem Auto von Schule zu Schule zu fahren, um kurze Interviews zu führen. Ich sollte einen Kollegen oder eine Kollegin mitnehmen und Damir bot sich an. Damir war einige Jahre älter als ich, groß, blond und immer gut gestylt. Ein ruhiger Typ, der nie viel redete, aber umso mehr unternahm – er hatte zum Beispiel eine Vernetzungs- und Event-Website für die Ex-Yu-Community Österreichs aufgebaut und ein Lokal eröffnet, das mit dem Charme der Jugo-Nostalgie arbeitete und eine Gegenrede zu den nationalistischen Folklore-Clubs der sogenannten „Balkanstraße" im sechzehnten Wiener Gemeindebezirk darstellen sollte. In Damirs Kneipe sammelten sich die letzten Jugoslaw_innen Wiens, und wie er mir unterwegs erzählte, lief das Geschäft immer schlechter und schlechter. Als wir uns nach einem langen Arbeitstag verabschiedeten, lud er mich zu einer Hausparty nicht weit von meinem Zuhause ein und ich sagte sofort zu, da ich keine anderen Pläne hatte und wir uns sehr gut verstanden hatten.

Die Party fand in einer Dachgeschosswohnung eines ziemlich hohen Hauses statt, die überraschend eng, verzweigt und verwirrend war. Es gab eine relativ große Dachterrasse und eine Leiter, die zu einem noch höheren Aussichtspunkt führte und von der nach und nach sehr Betrunkene von weniger Betrunkenen heruntergepflückt werden mussten. Es war wohl die Geburtstagsfeier einiger Journalist_innen, die für ein alternatives Wiener Radio arbeiteten, und in dem einzigen raumförmigen Raum spielte als Überraschungsgast ein beliebter Wiener Singer-Songwriter, der mich aber überhaupt nicht interessierte. Damir traf ich in den Gängen der Wohnung erst, nachdem ich einige Zeit lang auf der Suche nach Getränken und Snacks herumgeirrt war. Er begrüßte mich überschwänglich – er war betrunkener als ich – und wir knüpften schnell dort an, wo wir am

Nachmittag aufgehört hatten. Er stellte mich einigen der Anwesenden vor und entpuppte sich als großer Socializer, was mir gefiel, auch weil ich mich dann in Gesprächen etwas zurückziehen und beobachten konnte.

Nach einiger Zeit belangloser Gespräche mit den bürgerlichen Emporkömmlingen der Stadt, zu denen ich brav an all den richtigen Stellen lachte und lächelte, schlug Damir vor, noch anderswo hinzufahren. Ich stimmte zu, ich dachte, wir würden in ein Lokal gehen, doch als wir mit einem Freund Damirs, dessen Namen ich vergessen habe, ins Taxi stiegen, meinten die beiden, bei dem Freund zu Hause würde noch ein bequemes Zusammensitzen möglich sein. Das schien vernünftig. Im Taxi saßen Damir und ich hinten nebeneinander, und als er meine Hand nahm, bemerkte ich, dass ich das die ganze Zeit gewollt hatte. Beim Freund angelangt machten wir noch ein paar Biere auf und unterhielten uns. Plötzlich holte Damir ein Päckchen oder Säckchen – ich weiß es nicht mehr so genau – weißes Pulver heraus und fing an, auf dem geschmacklosen Glastisch des Freundes eine Line zu ziehen. Als er mir auch etwas von dem Koks anbot, nahm ich es, ich habe keine Ahnung mehr, warum, vielleicht war es der Alkohol. Von da an ging alles sehr schnell, weshalb ich Leuten, die mich fragen, wie Koks so ist, immer sage, dass es eigentlich sehr unspektakulär wirkt, wie Alkohol eben, nur beschleunigt. Damir fing an, sich an mich heranzukuscheln und mich zu küssen. Ich erwiderte seine Liebkosungen. Als er mir in die Hose griff und meine buschige Schambehaarung bemerkte – ich hatte an diesem Abend weder geplant noch gewollt, Sex zu haben – sagte er: „So geht das nicht, da müssen wir etwas tun!", und bugsierte mich in die Dusche. Während ich mich brav in der fremden Dusche mit fremden Rasierklingen glatt rasierte, stieg der Freund dazu und begann, mich zu streicheln. Nach einiger Zeit – ich fand ihn überhaupt nicht attraktiv – bat ich ihn, Damir wieder zu holen, was prompt passierte. Ich weiß nicht mehr, ob er beleidigt war, ich weiß überhaupt nicht mehr, was seine Reaktionen auf das Ganze waren.

Frisch geduscht bewegte ich mich wieder in das Wohnzimmer, wo die beiden nackt auf der großen grauen Couch auf mich warteten. Ich legte mich zu Damir und begann, mit ihm zu schmusen und seinen Schwanz zu streicheln und zu lutschen. Der andere fummelte an meinem Arschloch herum. Was genau er da wollte, schien er selbst nicht wirklich zu wissen. Er scheint dort auch etwas verletzt zu haben, denn seit dieser Arschlochaktion habe ich Hämorrhoiden, was mich diese Drogenepisode nie vergessen lassen wird. Weil wir alle sehr betrunken waren und die nächtliche Stunde schon weit fortgeschritten war, löste sich dieser Dreier unspektakulär auf, als der Freund – wahrscheinlich hatte er endlich gemerkt, dass ich überhaupt kein Interesse an ihm hatte – sich ins Schlafzimmer legte. Ich kuschelte mich noch an Damir und schlief schnell ein.

Das Schlimmste an der Sache war, dass ich am nächsten Morgen beim Verlassen der Wohnung, in der die beiden noch fest schliefen – oder vorgaben, fest zu schlafen, um eine unangenehme Konfrontation zu vermeiden –, meinen schwarz-weiß gestreiften Lieblingsblazer vergaß und nie zurückholte oder zurückholen wollte.

Weil wir wahrscheinlich nicht verhütet hatten, machte ich bald darauf einen Schwangerschaftstest. Auf die Anti-Baby-Pille kann ich bei mir nämlich nicht so wirklich zählen, denn ich vergesse oft ein paar Tage lang, sie zu nehmen. Oft nehme ich nach Sex deshalb zur Sicherheit die Pille danach. Die Pille danach und die Anti-Baby-Pille – noch so Beweise, dass Tabletten super sind. Die Menschen, die Tabletten prinzipiell skeptisch gegenüberstehen, sind oft auch die konservativen. Oder die ökologischen, wobei das eine das andere ja keineswegs ausschließt. Als ich meiner Tante Spomenka im Vertrauen erzählte, dass ich bereits jahrelang Medikamente gegen Depressionen nahm, erzählte sie mir von alternativen Heilmethoden und Sport und frischer Luft, die angeblich genauso gut gegen psychische Krankheiten halfen, „denn man will ja nicht sein ganzes Leben lang Tabletten nehmen." Doch, dachte ich mir, doch, ich schon. Ich muss und ich will.

Zum Beispiel auch gegen die regelmäßigen Panikattacken, die ich habe, wenn ich daran erinnert werde oder mich daran erinnere, dass ich sterblich bin. Dann muss ich mir nämlich vorstellen, wie es ist, zu sterben, wie es wohl ist, wegzudriften, wie es ist, nicht zu sein. Das Nichts macht mir große Angst. Das Leben tut weh, ja, aber ich nehme lieber unendlich viele Jahre Schmerz als das Nichts. Ich würde auch sofort alles gegen ein ewiges Leben eintauschen: meine Freund_innen, meine Familie, meine Eltern, alles. Die Panikattacken hatte ich schon als kleines Kind. Keine Ahnung, wer mir erklärt hat, was Tod und Sterben ist, doch es war zu früh. Oder vielleicht musste es gar nicht erklärt werden, sondern verstand sich im Krieg sogar für kleine Kinder von selbst. Nächtens schreckte ich, seitdem ich mich kenne, aus Alpträumen hoch, lief ins Schlafzimmer meiner Eltern und flüsterte meiner Mutter ins Ohr: „Mama, Mama, wach auf, ich habe Angst vor dem Tod." Ich schlief deshalb regelmäßig im Bett meiner Eltern, bis ich ungefähr zehn oder elf war. Jetzt, wo das nicht mehr geht, weiß ich nicht, wie ich die Panikattacken stoppen soll. Außer mit Xanor oder Xanax, wie es im englischsprachigen Raum schöner und treffender heißt. Zwei X für die comicmäßig stilisiert leblosen Augen, zwei X für das Canceln, für Exit. Xanax ist ein Benzodiazepin, kurz und liebevoll „Benzo" genannt, das gegen Angst- und Panikstörungen verschrieben wird. Der Wirkstoff Alprazolam setzt sich im Gehirn auf hemmende Neurotransmitter drauf, also auf die die Kommunikation zwischen den Synapsen störenden Botenstoffe, und verstärkt ihre hemmende Wirkung dadurch. Die bei einer Angstattacke wild durch die Gegend feuernden Synapsen können nicht mehr gestresst miteinander kommunizieren, festgezurrte Gedankenstränge reißen so ab und geben Wege zum Durchatmen, zum Kopflüften frei. Mit Xanax lösen sich schon nach wenigen Minuten physische und psychische Krämpfe, und an die Stelle der Angst tritt ein geruhsamer Durchzug. Xanax lindert auch Nervosität, Ver- und Anspannung und Schlaflosigkeit. Es verhilft zur ultimativen Ausgeglichenheit beziehungsweise Gleichgültigkeit, wobei noch zu diskutieren ist, inwiefern diese Dinge sich unterscheiden. Man kann sich zurücklehnen und mit dem Hirn Gassi gehen. Der Kopf – ein Heliumluftballon, der in buntstiftblaue Höhen steigt.

Naturgemäß gibt es zu dieser paradiesischen Wirkung einen Haken: Xanax macht extrem abhängig und sollte eigentlich nicht zur langfristigen Behandlung oder Einnahme verschrieben werden. Eine Überdosis kann sogar zum Koma führen. Ich empfehle daher, eher eine Packung Xanax zur Sicherheit im Medikamentenschrank zu haben, falls man eine Attacke abwehren muss, aber es niemals auch nur ein paar Mal oder ein paar Tage hintereinander zu nehmen. Momentan quälen mich irrsinnige Schmerzen in der Brust und eine Unruhe, die mich nicht auch nur ein paar Minuten ruhig sitzen lässt. Ich habe Schweißausbrüche und kann überhaupt nichts essen. Wenn man zu Xanax noch das müde machende Neuroleptikum Seroquel und die Schlaftabletten Zolpidem – diese lösen übrigens unheimliche visuelle Effekte aus, wenn man sich gegen das Einschlafen wehrt – nimmt, kann man tagelang in einem Schlaf-Delirium verbringen, wenn man einfach nur bei jedem Anflug von Bewusstsein ein paar Pillen nimmt. Ich kann mir vorstellen, dass genau auf diese Weise unabsichtliche Überdosen passieren.

Eine Statue Titos steht noch, und zwar in Sarajevo; wie sie den Krieg überlebt hat, ist unklar. Nur zwei Einschusslöcher sind im schweren, pompösen Mantel des Anführers, ansonsten haben ihm Witterung, Belagerung und stetiges Vergessenwerden eher wenig zugesetzt. Vor der alten Kaserne, die nun teilweise zerstört und teilweise der

Universität übergeben wurde, steht der kleine Sockel mit dem prächtigen Denkmal. Manchmal, zum Beispiel zu Titos Geburts- oder Todestag oder am Ersten Mai, bringen Menschen Blumen zur Statue und legen sie dieser zu Füßen. Meist liegen die verwelkten Blumenleichen dann das ganze Jahr bis zur nächsten Gelegenheit dort, nur die roten Schleifen glänzen gegen jede Jahreszeit. Der Bronze-Tito ist nur ein wenig größer als lebensgroß und zeigt den Marschall in seiner Uniform und einem wahrlich einzigartigen Mantel; der bodenlange Mantel ist an dem Denkmal überhaupt das Außergewöhnlichste. Er ist gleichermaßen fließend wie steif. Die Schleppe weht, sie zeigt, dass der Bronze-Tito, schreitend eingefroren, wohl eifrigen Schrittes unterwegs gewesen ist. Oder vielleicht ist sie vom Gegenwind verweht, Bura, oder Jugo, wer weiß. Der Mantel ist offen, der Mantelkragen kantig nach außen gewandt. Unter diesem Mantel haben alle Völker, Konfessionen und Sprachen Platz gehabt, das wird klar. Doch schwer ist er, musste er sein, und stirnrunzelnd ist daher auch Titos gen Boden gewandtes Gesicht. Ungewöhnlich, so blicken die Statuen sozialistischer Anführer doch meist in den Himmel, strecken die Hand aus in Richtung einer neuen, schöneren, vielversprechenden, sozialistischen Zukunft. Nicht so Tito: Er hat die Hände am Rücken hinter dem Mantel verschränkt, schreitet mit einem Fuß nach vorn, besorgten Blickes. Er hat es geahnt, möchte man denken, wenn man seine gekräuselten Brauen, von denen aus Spinnen bis zum oberen Mantelkragen ein feines Netz ausgebreitet haben, betrachtet.

Hinter ihm haben Studierende auf eine Mauer mit Graffiti einen großen Mann in einem schweren Mantel gemalt, den man von hinten auf einen kreischend-neonfarbenen Horizont hin reisen sieht. In der rechten Hand hält er eine riesige, rot-weiß gestreifte Weihnachtszuckerstange, unter seinen schweren Stiefeln schieben sich Gleise hervor. Gegenüber steht die bosnisch-herzegowinische Zentrale der Raiffeisen-Bank.

Vertraue niemandem, der seine Familie nicht mindestens ein wenig verachtet.

Wenn mich jemand bitten würde, in ein paar Worten mein Leben zusammenzufassen, dann würde ich sagen, dass mein Werdegang mehr als gut war und dass ich mit allem zufrieden bin, was ich im Laufe dessen erlebt habe.

01.09.2007

(10:40) Kannst du vielleicht so um 14:30 bei Opa anrufen? Ich brauche eine Ausrede, damit ich dort schneller wegkomme. Du könntest sagen, dass Cousine Marija mich noch sehen will, solange ich noch in Bugojno bin, oder so etwas bitte, Mami

(11:02) Natürlich kann ich das, mein Schatz. Opa kann schon sehr anstrengend sein, ich verstehe das ;)

Als Lara vor dem Hochhaus vorfuhr, stand ihr Onkel Vlado bereits vor der Eingangstür. Beim Gedanken, dass er den ganzen Nachmittag – sie hatte nicht angekündigt, wann genau sie auftauchen würde – auf sie gewartet haben könnte, schmerzte es in ihrer Brust. Lara parkte mehr schlecht als recht vor dem Haus, ohne auf Parkschilder zu achten, stieg aus, ging mit ausgestreckten Armen auf das Haustor zu und rief: „Onkelchen!"

Die beiden umarmten sich und Vlado wollte fast nicht mehr loslassen.

„Wie geht es dir, Larica? Du bist ja schon genauso groß wie ich!", sagte Vlado während er aufsperrte.

„Gut, gut, danke, und dir? Nein, das sind nur die Schuhe! Du hast aber nicht auf mich hier unten die ganze Zeit gewartet, oder?", fragte Lara.

Vlado ignorierte die Frage und erwiderte in seiner typisch fröhlichen Art: „Wie lang warst du jetzt schon nicht mehr da? Ich kann mich gar nicht mehr erinnern. Schön, dass du vorbeikommst!"

Lara sackte etwas niedergeschlagen zusammen, wollte sich aber vor ihrem Onkel nichts anmerken lassen.

„Puh, weiß ich auch nicht mehr. Besser wir zählen nicht nach, haha! Uff, die Stufen sind ja anstrengender, als ich sie in Erinnerung hatte!"

„Ein bisschen Sport ist nie schlecht!“, rief Vlado, der bereits ein halbes Stockwerk voraus war, der schnaufenden Lara zu.

„Gut, das war dann aber auch genug Sport für heute!“

Lara insistierte, ihre Schuhe im Vorzimmer auszuziehen, obwohl Opa und Onkel beteuerten, sie könne ruhig mit Straßenschuhen hineingehen, es sei kühl. Lara zog immer ihre Schuhe aus, wenn sie irgendwo zu Besuch war, egal, was die Gastgeber_innen sagten.

„Opa, du schaust großartig aus.“

Lara war erleichtert. Ihr Großvater begrüßte sie herzlich und legte seinen rechten Arm um sie. Der Mama-Großvater hatte sich über die Jahre kaum verändert. Seit den Sechzigern trug er dieselbe Frisur, einen penibel genau gekämmten, welligen Seitenscheitel mit Superman-Schmalzlocke. Nur die dichten Haare waren mittlerweile weiß geworden, das war aber auch das einzige Anzeichen des Alterns, das man dem großen, stämmigen Mann ansah. Und das mit dem Schlaganfall, natürlich. Es war das erste Mal seit damals, dass Lara ihn wiedersah. Alle hatten ihr erzählt, dass der Mama-Großvater seit dem Schlaganfall halbseitig gelähmt sei, und sie hatte Besuche deshalb immer hinausgezögert und unter fadenscheinigen Vorwänden abgelehnt. Sie wollte den ihr als so lebhaft und unerschütterlich im Gedächtnis gebliebenen Großvater nicht schwach und hilfsbedürftig sehen. Überhaupt hatte Lara es immer vermieden, ihre Großeltern zu besuchen, wenn diese krank wurden, selbst wenn absehbar geworden war, dass die Zeit knapp wurde. Onkel Erich und Tante Heidi hatte Lara noch ein paarmal vor deren Tod gesehen, schließlich war der Weg nach Niederösterreich nicht so weit und die Ausreden daher noch weniger glaubwürdig. Die beiden hatten ihre letzten Jahre größtenteils schlafend oder rastend im Bett verbracht. Laras Papa-Großmutter hatte sie überhaupt nicht mehr gesehen, bevor sie starb, obwohl diese am Sterbebett nach ihr gerufen hatte. Den Papa-Großvater hatte Lara im Altersheim besucht. „Vergiss den Opa nicht", hatte er ihr mit Tränen in den Augen beim Abschied zugeflüstert. Er hatte gewusst, dass das das letzte Mal sein würde, dass sie einander sahen. Bei der Beerdigung hatte Lara es vermieden, in den offenen Sarg zu blicken, ihr wurde allerdings erzählt, dass der Papa-Großvater ausgesehen habe, als würde er friedlich schlafen. Als die Papa-Großmutter gestorben war, hatte es das Bestattungsunternehmen nicht geschafft, ihren Mund zu schließen, weshalb ihre Gesichtszüge im Gegensatz zu denen ihres Mannes verzerrt waren, sodass Lara bei ihrem Anblick der pure Horror überkam. Dieses eingefallene, fremde Gesicht, das nichts mehr mit dem Gesicht ihrer Großmutter zu tun hatte, tauchte seither immer wieder in Laras Alpträumen auf. Unter anderem deshalb hatte Lara sich seit dem Tod der Papa-Großmutter geschworen, nie wieder auf eine Beerdigung zu gehen. Auch die Beerdigungen ihrer eigenen Eltern würde sie schwänzen, das wusste sie schon heute.

„Komm rein, komm rein!"

Der Mama-Großvater schleppte ein Bein kaum merklich hinter sich her, als er ins Wohnzimmer ging. Es hatte sich seit Laras letztem Besuch stark verändert.

„Oh, hier sieht es ja ganz anders aus! Das Sofa ist neu, oder?"

Lara setzte sich auf die große Eckbank neben dem Fernseher, aus dem gerade eine Joghurt-Werbung ohrenbetäubend dröhnte. Das waren die Dinge, die Laras Mutter an Besuchen hier anstrengend fand: Es war immer alles sehr laut, der ständig eingeschaltete Fernseher konkurrierte mit dem dröhnenden Großvater um Aufmerksamkeit. Ihr Onkel Vlado kam ihr nach, setzte sich ganz nahe zu ihr und legte liebevoll den Arm um sie.

„Ja, genau. Und neu gestrichen habe ich auch!"

„Ganz alleine? Wow. Du bist ein Wahnsinn, Opa."

„Na, du weißt ja, ich kann nicht still sitzen. Was kann ich dir anbieten? Essen, Trinken? Vlado hat uns heute Ćevapčići geholt."

Er sprang schon von seinem Ohrensessel, der strategisch zwischen Küche und Wohnzimmer positioniert war, auf.

„Ja genau, ich habe sie in den Ofen gelegt, damit sie nicht kalt werden", sagte Vlado und stand auf, um zu helfen.

Während die beiden Männer in der Küche hantierten, schaltete Lara schnell heimlich den Fernseher leiser. Sofort war sie etwas weniger angespannt.

„Ich hoffe, ihr habt auch Hunger!", rief sie in die Küche.

Während Geschirr klapperte und Küchenkästen aufgerissen und zugeschlagen wurden, sah Lara sich genauer im Wohnzimmer um. In einer dunklen, hohen Kommode hinter dem Ecksofa standen viele kitschig eingerahmte Bilder: Laras an Krebs gestorbene Großmutter, als sie jung gewesen war, ein Hochzeitsfoto von Oma und Opa, ein Onkel Vlado als Teenager vor einem großen Buch mit dicken weißen Seiten – Braille-Schrift, bestimmt. Laras Mutter und ihre beiden Schwestern in Badekleidung, den Frisuren nach ein Bild aus den Achtzigern. Viele verschiedene Bilder von Laras Cousinen: Hochzeiten, Urlaube, Konzerte. Besonders ins Auge stach Lara ein Schnappschuss, auf dem die einander überhaupt nicht ähnlich sehenden Zwillinge schwarze T-Shirts und schwarze Bérets mit einem silbernen U auf der Stirn trugen. Noch bevor sich die entsetzte Lara davon überzeugen konnte, ob es sich hierbei wirklich um Ustaša-Symbolik handelte, trat ihr Großvater mit einem großen Tablett ein, das er auf dem Couchtisch abstellte. Sie drehte sich ruckartig um.

„Ich habe da auch ein Bild von dir, hast du es gesehen? Das ist aber ganz alt. Ich hatte schon Angst, ich würde dich gar nicht mehr wiedererkennen nach all diesen Jahren!"

„Ah, äh. Oh, ja, da ist es ja."

„Möchtest du Ajvar oder Kajmak?"

Lara betrachtete geistesabwesend die Kroatien-Fahne an der gegenüberliegenden Wand. Es war eine kleine, golden gesäumte Fahne aus Seide, das Wappen in der Mitte war sehr fein eingearbeitet.

„Hm?"

„Ich habe hier Ajvar und Kajmak, falls du möchtest."

„Danke, ich brauche nur Zwiebel dazu."

Vlado kam mit einem rot-weiß karierten Geschirrtuch, mit dem er sich die Hände abtrocknete, dazu.

„Mmmh, das schaut aber gut aus! So gute Ćevape gibt's in Wien aber nicht, oder?"

„Nein", sagte Lara, die langsam mit gespreizten Fingern das weiche, saftige Fladenbrot in kleine Stücke riss.

„Die Schwabos essen Ćevapčići wie die Kroaten – mit Pommes oder Bartkartoffeln. Und das Faschierte ist auch nicht richtig, viel zu würzig. Außerdem sind die Stücke viel zu groß, wie riesige Fleischwürste."

Der Großvater schenkte allen Orangensaft ein, griff dann nach der Fernbedienung und drehte wieder lauter.

„Jaja, es gibt kaum so gute Ćevapčići wie hier beim Babylon in Bugojno" schrie Vlado.

Die drei aßen still, während im Fernsehen eine mexikanische Seifenoper lief. Der Großvater wandte seinen Blick kaum vom Bildschirm ab und kommentierte die Handlung regelmäßig mit vollem Mund.

Gerade als Lara sich das letzte Stück in Flade eingewickeltes Fleisch in den Mund steckte – sie passte immer auf, für jedes Fleischstück genug Brot zu haben, die Proportionen mussten immer genau stimmen, sonst ließ sie etwas über –, ertönte vom Minarett gegenüber der Aufruf zum Gebet. Weil die Balkontür offen war, tönte der melodiöse, am Ende der Verse immer irritierend abgehackte arabische Gesang durch die gesamte Wohnung, ohrenbetäubend. Es fühlte sich an, als würden die Wände singen. In den Pausen zwischen den Versen konnte man die Gesänge der anderen, weiter entfernten Moscheen in der Stadt ebenfalls hören. Heutzutage wurde der Gesang pünktlich über mächtige Lautsprecher, die an den Minaretten befestigt waren, abgespielt. Früher war der hier Hodža genannte Prediger noch im Minarett die Stufen zum Balkon ganz oben hinaufgestiegen und hatte selbst, live, gesungen.

Lara stand auf und machte Anstalten, das Tablett und die Teller wegzuräumen.

„Nein, nein, setz dich, ich mache das schon“, rief der Großvater.

„Opa, bitte.“

„Auf gar keinen Fall, meine Liebe, du bist hier der Gast! Mach es dir bequem. Ist dir eigentlich kalt auf den Füßen? Vlado, komm, bring Lara ein paar Patschen.“

„Mir ist nicht k…“

„Hier, nimm meine, die sind die wärmsten. Ich hole mir schnell ein anderes Paar“, sagte Vlado und hüpfte ins Vorzimmer. „Oder komm gleich mit, ich möchte dir etwas zeigen!“

In den viel zu großen, aber erstaunlich flauschigen Patschen dahinklappernd begleitete Lara ihren Onkel durch den langen, dunklen, mit altmodischen gelb-grün-braun gestreiften Tapeten verzierten Gang zum anderen Ende der Wohnung, wo sich die Schlafzimmer befanden. Ein kleines, spartanisch eingerichtetes und sehr sauber aufgeräumtes Zimmer, in dem zwei Betten standen, war früher das Zimmer ihrer Mutter und ihrer Tante Nada gewesen. Als Dunja und Nada heirateten und auszogen, wurde es zu Vlados Reich. Neben einem kleinen Schreibtisch aus dunklem Holz voller verschiedener Elektrogeräte und Kabel stand, an die Wand gelehnt, ein Synthesizer. Den hatte Lara ihrem Onkel geschenkt, als sie das Interesse am Klavierspielen verloren hatte. Auf dem Fensterbrett pfiff ein kleines, fast kugelförmiges, silbernes Radio leise vor sich hin – volkstümliche Musik, Vlados Lieblingsstil.

„Setz dich ruhig“, sagte Vlado und öffnete den hohen Schrank neben der Tür mit einem aggressiven Quietschen.

Er holte ein schwarzes, ovales Gerät hervor, das auf einer Seite einen großen Saugnapf hatte. Es sah aus wie ein Lautsprecher.

„Dieses Ding kann alles", sagte Vlado begeistert. „Das hat mir der Schwiegersohn von Frau Hanifa geschenkt, weißt du noch, das ist die Nachbarin, die zwei Stockwerke unter uns wohnt? Sie hat oft auf dich aufgepasst, als du klein warst."

„Hm, ich bin mir nicht sicher", seufzte Lara.

„Na ja, egal, auf jeden Fall ist das ein Lautsprecher, an den man zum Beispiel einen USB-Stick anschließen kann und davon Lieder abspielen. Der Schwiegersohn hat mir so einen gemacht, schau."

Vlado holte einen Stick aus seiner Hosentasche, steckte ihn an und drückte ein paar Mal auf einen kleinen Knopf, bis er ein Lied fand, das ihm gefiel.

„Hier kann man leiser und lauter stellen. Und der Knopf und das Rad hier sind fürs Radio, weil das kann der auch empfangen!"

„Muss man das aufladen oder läuft es über Batterien?"

„Es geht beides."

„Wow, das ist ja echt praktisch! Und wofür ist dieses Dingsda?" Lara fiel das Wort Saugnapf nicht auf Serbokroatisch ein.

„Damit kann man den Lautsprecher überall befestigen, wo man ihn gerade braucht. Das heißt, ich kann auch auf dem Klo und im Bad Radio hören!", lachte Vlado herzlich.

„Da musst du aber aufpassen, dass er dir nicht in die Badewanne fällt!", mahnte Lara spaßeshalber.

Je länger sie Zeit mit ihm verbrachte, desto mehr merkte sie, wie sehr sie ihren Onkel vermisst hatte. Er hatte etwas Kindliches an sich, etwas Naives, aber dafür wunderschön Unverdorbenes, Unverstelltes. Es musste schwierig sein, alleine hier mit dem Opa. Die beiden reisten kaum, kamen kaum aus Bugojno raus, unternahmen wenig. Lara und ihre Mutter hatten öfter versucht, Vlado nach Wien einzuladen, aber er ließ sich immer wieder neue Gründe einfallen, warum dies nicht möglich war. Vielleicht wollten Opa und Onkel einander nach so langer Zeit nicht mehr alleine lassen.

„Ich mache Kaffee, möchte jemand Kaffee?", polterte der Opa aus der Küche.

„Nein danke, ich trinke keinen Kaffee", erwiderte Lara und ertappte sich selbst nun beim Brüllen – es war wohl ansteckend.

„Dann mache ich dir und mir einen türkischen Kaffee, Vlado."

Der Großvater schepperte.

„Braucht er wirklich keine Hilfe?", sagte Lara leise zu ihrem Onkel, der nun den Saugnapf-Lautsprecher wegpackte.

„Pass ja auf, so was nimmt er als Beleidigung!", scherzte dieser. Er setzte sich wieder zu Lara auf das Bett gegenüber vom Fenster und drückte sie ganz fest.

„Meine Larica! Dass du mir nie wieder so lange wegbleibst! Wo sind eigentlich die Eltern?"

„Die Mama muss arbeiten, du weißt ja, wie das bei ihr so ist. Und der Papa spielt gerade ein großes Schachturnier in Schweden."

„Ah, toll! Musst sie ganz lieb von mir grüßen, ja? Nächstes Mal könnt ihr ja wieder gemeinsam kommen!"

Lara nickte verlegen. Dann erinnerte sie sich, dass ihr Onkel das Nicken wahrscheinlich nicht sehen konnte, und sagte schnell: „Ja, natürlich."

Als Vlado sein Mobiltelefon herausholte, um ihr zu zeigen, welche Klingeltöne er alle heruntergeladen oder selbst komponiert hatte, hörte Lara kaum zu. Sie schaute sich weiter im Zimmer um und bemerkte rechteckige, braune Verfärbungen und kleine Löcher an der hellgelben Wand.

„Echt? Wow. Toll", sagte sie immer an den richtigen Stellen von Vlados Ausführungen.

„Sag mal, Onkelchen, das war doch mal das Zimmer von meiner Mama und von Tante Nada, oder?"

„Ja, genau."

„War da nicht mal früher etwas an der Wand? Poster oder Bilder?"

„Au ja, sicher, du weißt ja, dass deine Mutter ein Riesenfan von Oliver Dragojević ..."

„Ich frage, weil ich gerne irgendetwas von früher aus Bugojno hätte. Du weißt vielleicht, wir haben kaum etwas mitnehmen können, damals, als wir nach Wien gingen. Die Kuscheldecke, die ich als Kind hatte, ist auch irgendwann in der U-Bahn verloren gegangen."

„Die alten Sachen deiner Mutter und deiner Tante, die hiergeblieben sind, sind irgendwo in einer Schachtel, lass mich kurz suchen", sagte Vlado und verließ das Zimmer.

Der Großvater klapperte und klimperte in der Küche. Lara warf einen Blick auf die Uhrzeit auf dem Display des Radios. Hoffentlich vergaß die Mutter nicht ihren Alibi-Anruf! Vlado kam mit einer grauen größeren Schuhschachtel zurück und sagte: „Schau mal hier rein, ich denke, da haben wir die alten Sachen zusammengetragen."

Zeitungsausschnitte, alte Zeichnungen ihrer Mutter. Getrocknete Blüten, Schnittmuster für selbstgenähte Kleidung. Zeugnisse aus dem Gymnasium von der Tante. Alte Familienfotos der Geschwister, beim Spielen auf einer Wiese, in der Nähe eines Flusses, nebeneinander aufgereiht auf dem alten Sofa, das früher im Wohnzimmer gestanden hatte. Postkarten.

All diese Bilder hatte Lara noch nie gesehen. Dass die einzelnen Familienmitglieder ihre Erinnerungen sehr sorgsam hüteten, wusste sie: Niemand wollte die einzigen Erinnerungsstücke an das Leben vor dem Krieg weggeben, zu kostbar waren die letzten Überbleibsel eines unbeschwerten Lebens.

Ein kleines Päckchen an Fotos, die durch ein Gummiband zusammengehalten wurden, hatte Lara zuerst ignoriert. Als sie es jetzt in die Hand nahm, sah sie schon am obersten Foto – einer Aufnahme von Tante Nada und Onkel Ivan vor dem Riesenrad –, worum es sich handeln musste: Fotos, die aus dem Exil an Opa und Onkel gekommen waren und es nicht in einen Bilderrahmen geschafft hatten. Es musste eine ihrer ersten Erinnerungen in Wien gewesen sein, als Onkel Ivan eines Tages überraschend bei ihnen in der Wohnungstür gestanden hatte. Lara hatte sofort wieder den vermischten Geruch des Steinbodens im Treppenhaus, Onkel Ivans Aftershave und den zarten Hauch von Knoblauch aus der Küche, von der Kljukuša, die Laras Mama gerade briet, in der Nase und das Echo der unbändigen Freude der kleinen Lara, ihren Onkel so unverhofft wiederzusehen, im Bauch. Auch diese Fotos hatte

Lara noch nie gesehen. Warum wohl hatte niemand zwei Abzüge davon machen lassen? Sie waren damals doch gar nicht so arm gewesen. Oder verstaubten die Fotos einfach in einer Schublade in der Wohnung ihrer Eltern?

Lara blätterte durch die Fotos: ihre Mutter und ihr Vater in einer Straßenbahn in Wien, ihre Cousinen beim Eislaufen auf dem Stephansplatz, die kleine Lara auf dem Spielplatz mit einem Nutellabrot in der Hand und einem großen Schokoladenfleck auf der Nase. Zwischen älteren, stark abgegriffenen Bildern von Maturabällen ihrer Mutter und ihrer Tante fand Lara ein Bild, das sie zuerst nicht zuordnen konnte. Es zeigte eine Tischgesellschaft und sah an sich uninteressant aus, irgendetwas daran irritierte Lara jedoch.

„Kommt ihr?", fragte der Opa aus dem Wohnzimmer.

„Gleich! Einen Moment noch!", erwiderte Lara.

Familienfeste waren sonst ziemlich bunte Angelegenheiten bei ihnen, doch auf dem Foto wirkte alles irgendwie dumpf. Alle trugen dunkle Farben und saßen geordnet um eine Tafel herum. Es musste ein Begräbnis gewesen sein. In der hintersten Ecke am Tisch entdeckte Lara Tante Janja, blass und verweint, und Lara wurde klar, dass es Onkel Dragos Bestattung gewesen sein musste, bei dem dieses Foto aufgenommen worden war. Ein wenig abgeschnitten am linken Rand des Fotos sah man ein Gesicht, das Lara vielleicht gar nicht hätte identifizieren können, hätte sie es nicht so gut gekannt: Onkel Ivan. Er war zur Kamera gedreht und es sah aus, als würde er grinsen.

„Opa ...!", rief Lara nach draußen ins Wohnzimmer, „Haben sich Onkel Ivan und Onkel Drago eigentlich gekannt?"

„Was sagst du?“

Lara ließ die anderen Fotos liegen und ging mit der Aufnahme in der Hand ins Wohnzimmer. Dort hielt sie dem Mama-Großvater das Bild hin.

„Haben sich Onkel Ivan und Onkel Drago gekannt?“

Der Mama-Großvater nahm das Bild in die Hand, warf einen kurzen Blick darauf und legte es neben sich auf das kleine Blumentischchen am Fenster.

„Ich weiß nicht, Schatz.“ Er schaute jemand im Fernsehen dabei zu, wie er einen Teig ausrollte. „Lass mich überlegen. Vielleicht war Drago schon Lehrer im Gymnasium, als Ivan es besuchte? Er war ja etwas älter. Wieso fragst du?“

„Er hat mir nie erzählt, dass er ihn gekannt hat, und da auf dem Foto ist er aber bei Onkel Dragos Bestattung dabei, oder?“

„Wie alt warst du noch mal, als ihr nach Wien gegangen seid, meine Kleine?“

„Ganz klein. Zwischen zwei und drei.“

„Ah, na dann kannst du dich wahrscheinlich an nichts erinnern. Ist auch besser so.“

„Die Älteren scheinen auch alles vergessen zu haben.“

Laras Großvater räusperte sich umständlich.

„Der andere Opa schreibt, dass Drago ermordet worden ist.“

„Aha.“

„Weißt du da irgendwas?“

„Ich weiß gar nichts. Im Kampf ist er aber jedenfalls nicht gestorben.“

„Wie meinst du das?“

Der Großvater sagte so lange nichts, dass Lara sich schon fragte, ob er die Frage vergessen hatte, weil der Teig im Fernsehen gerade so schön backte.

„Weil er ein feiges Kommunistenschwein war. Der hätte niemals eine Uniform unserer Armee angezogen. Und jetzt machen sie einen Helden aus ihm."

„Du warst doch auch Kommunist, Opa, oder nicht?"

„Hm, ja, schon. Aber das war anders."

Die Welt machte plötzlich einen heftigen Satz zur Seite. Lara setzte sich auf die Couch und hielt sich an den gelben Rüschen fest. Ihr Gesicht musste sich verzogen haben, denn der Großvater sah sie an und fragte: „Alles in Ordnung, kleine Larica? Vergiss, was ich gesagt habe. Das muss dich wirklich nicht interessieren. Dein Onkel Drago war sicher ein guter Mensch."

„Wir können auch umschalten, wenn dir das Programm nicht gefällt", hörte Lara Vlado sagen, seine Stimme weit entfernt, verzerrt, als würde sie an großen Wellen brechen.

„Und Onkel Ivan war in der Armee?"

Wieder brauchte der Großvater ein wenig, bis er antwortete. Lara hielt die Luft an.

„Dein Onkel Ivan war ein tapferer Kämpfer. Er war in Wahrheit der Held."

Lara wurde heiß.

„Ich ... muss kurz ...", stammelte sie hervor, stand auf und versuchte, mit ruhigen Schritten ins Bad zu gehen. Sie sperrte die Tür zu, bevor sie neben dem Waschbecken auf den Boden glitt, die kühlen Wandfliesen an den Schläfen. Das Telefon läutete schon.